KB142179

당신은
모를 것이다

눈 깜빡임만으로 세상과 소통하는 작가의 신간《당신은 모를 것이다》는 읽는 이들에게 많은 것을 묻고 또 생각하게 한다. 빈집의 깊은 마당가에 선 한 그루 감나무가 되고 싶다는 사람, 죽음 자체에 대한 두려움보다 자신이 처해 있는 불행에 대해 분노나 공포의 감정에 사로잡혀 시간을 낭비하는 일이 더 두렵다고 나직이 고백하는 사람.

고통 중에도 타인을 배려하는 노력과 유머를 잃지 않는 그의 시적인 문장들은 너무 아름답고 따뜻해서 오히려 슬프다. 살아 있는 순간순간들이 얼마나 소중하며, 당연히 누리는 일상의 사소한 일들이 얼마나 큰 축복인지를 자주 잊고 사는 우리에게 그의 글들은 다시 일어설 용기와 감사 그리고 희망을 심어준다. 인간에 대한 사랑과 예의, 삶에 대한 외경과 겸손을 체험적 고백으로 깨우쳐준다. 그의 간절한 눈빛과 내면의 목소리에 귀 기울여보자. 함께 기도하는 마음으로.

— 이해인(수녀, 시인)

'루게릭병 환자들이여, 우린 아직 죽은 게 아닙니다. 죽음에 저항하며 동시에 죽음을 긍정하며 우리의 삶을 영위합시다.' 이 말은 소설가 정태규의 말이다. 이 말은, 살아온 지난날의 말이 아니고 살아갈 내일의 말도 아니다. 삶과 죽음의 경계에 있는 말도 아니다. 이 말은 살아 있는 사람의 말이다. 눈 하나 깜박하지 않고 죽음의 정면을 응시한 한 인간의 글은 놀랍게도 삶의 긍정과 인간에 대한 사랑과 희망의 노래를 탄생시키고 있다. 죽음과 삶의 경계를 넘나드는 나비 같은 사람, 그 사람 정태규가 우리에게 들려주는 노래를 들으며 우리는 다시 저쪽에서 환생하고, 또 이쪽에서 부활하고, 여기에서 새로 태어난다.

— 김용택(시인)

무엇이 인생에서 정말 중요한 것인가? 정태규 작가의 글을 읽는 동안 머릿속에 맴돌았던 질문이다. 그는 온몸이 마비된 중증 환자다. 움직일 수 있는 건 오직 두 눈동자뿐. 이 책은 그 눈으로 써내려간 자유선언서다. '어떤 자비로운 신도 구원하러 오지 않는 병상에서' 스스로를 구원하는 그를 보며 오히려 힘을 얻는다. 그를 통해 살아 있는 매 순간의 놀라운 기적을 경험한다. 삶의 밀도에 대해 이만큼 깊은 통찰을 주는 책을 나는 아직 만나지 못했다.

— 이현세(만화가, 세종대 교수)

정태규 지음   김덕기 그림

당신은
모를 것이다

그토록 보잘것없는 순간들을
사무치게 그리워하는 사람이
있다는 것을

마음
서재

이 책이 ALS와 사투를 벌이고 있는
모든 루게릭병 환자들에게
조그만 위로와 희망이 되길 간절히 기도한다.

차례

2부

모범 작문
— 소설

3부

그대 떠난 빈집의 감나무 되어
— 에세이

사람들은 모를 것이다.

카페 구석에 앉아서 시시껄렁한 잡담을 나누는 것,

아이들이 무심코 던진 공을 주워 다시 던져주는 것,

거실 천장의 전구를 가는 것,

자전거 페달을 신나게 밟는 것……

그토록 사소하고 대수롭지 않은 일들을
사무치게 그리워하는 삶도 있다는 것을.

꽃은 피어 만발하고 새들은 즐거이 노래하네, 2016, Acrylic on canvas, 41×53cm

1부

영혼의 근육으로 쓴 이야기

—병상에서

일러두기

1. 1부에 수록한 에세이는 정태규 작가에게 루게릭병 증세가
   처음 나타난 2011년 가을부터 투병 중인 현재까지의 기록이다.
2. 안구의 움직임과 눈 깜박임으로 작동하는 안구 마우스를 이용해
   한 글자 한 글자 더디게 써내려간 글이다.

단추를 채우지 못한 어느 아침

그날도 별반 다를 바 없는 아침이었다.

아내는 서랍장 속에 속옷이며 양말 등을 차곡차곡 분류해 놓았고, 나는 그중에서 손에 잡히는 것을 꺼내들었다.

압력밥솥 추가 요란하게 흔들리며 고소한 밥 냄새가 안방 까지 흘러들고 있었다. 서둘러야 할 시간이었다. 부산 신정 고등학교 국어 교사로 재직 중이었던 나는 출근시간이 이른 편이어서 7시가 되기 전 집을 나섰다. 양말을 집느라 굽힌 허리를 펴자 문득 창밖으로 구름 한 점 없는 파란 하늘이 보 였다.

우리가 살던 집은 산 중턱을 깎아 만든 아파트였는데 17 층이어서 전망이 아주 좋았다. 거실에서 사직야구장이 보였고, 신시가지가 한눈에 들어왔다. 위에서 내려다보니 어느새 나무의 정수리가 울긋불긋 물들어 있었다. 나도 모르는 사이 가을이 깊어가고 있었던 것이다.

나는 양말을 신은 뒤 바지를 입었다. 그리고 장롱에서 잘 다려놓은 와이셔츠를 꺼냈다. 한 줄로 세워놓은 소매 주름이 아내의 반듯한 성격을 그대로 드러내는 듯했다. 나는 왼쪽 팔을 꿰고 서둘러 오른쪽 팔을 꿰었다. 그런데 이상하게 힘이 없었다. 오십견이 심해졌나? 이제는 나도 늙나 보다, 속엣말을 중얼거리며 와이셔츠를 입었다.

그런데 단추를 단춧구멍에 끼울 수가 없었다. 오른손 엄지와 검지에 힘이 들어가지가 않았다. 왼손으로 손가락을 주무른 뒤 다시 한 번 단추를 끼워보려 했으나 엄지와 검지를 움직일 수 없었다. 내 손가락 같지가 않았다. 나는 소리쳐 아내를 불렀다.

"여보!"

주방에 있던 아내가 고무장갑을 낀 채 다가왔다.

"여보, 단추가 안 끼워져."

아내는 그 큰 눈을 반달 모양으로 뜨며 장난기 섞인 눈웃음을 지어 보였다. 아마도 지난밤 주사의 연장쯤으로 생각했을지도 모른다. 지난밤에도 나는 술에 취해서 귀가했고, 미안한 마음에 꽃 한 송이를 뇌물(?)로 들고 왔던 것이다.

아내는 고무장갑을 벗고 내 와이셔츠 단추를 끼워주었다. 단추를 차례차례 끼워주는 동안 나는 실로 오랜만에 아내의 얼굴을 자세히 들여다볼 수 있었다.

아내는 누님이 소개해준 여자다. 서른을 넘어서면서 지인들의 소개로 여러 번 소개팅을 했지만, 한 번도 결혼하고 싶다는 생각은 들지 않았다. 그러나 그녀는 달랐다. 커피숍에 들어서는 그녀를 본 순간, 온몸에 전류가 찌르르 흐르며 별똥별 같은 생각 하나가 스쳐갔다. 왠지 그녀와 결혼할 것 같다는…….

크지도 작지도 않은 키, 단정한 원피스에 감싸인 날씬한 몸매, 오뚝한 콧날과 갸름한 눈매. 그러나 무엇보다 외모에서 풍기는 그 어떤 느낌에 끌렸다. 하늘하늘한 벚꽃잎 같은 투명함. 바로 그런 종류의 투명함이 그녀에게 있었다.

내 예감은 적중했다. 한 달 만에 그녀와 결혼했으니까.

사실 나와 아내는 연애다운 연애를 해보지 못했다. 그나마 해본 데이트가 금정산에 함께 올라간 정도일 것이다. 보통 연애 커플처럼 키스라도 한번 해보려는 엉큼한 심사에 사람들 발길이 뜸한 산속 바위 쪽으로 아내를 데려갔다. 그러나 결혼 전까지는 안 된다고 밀어내는 바람에 내 안경이 바위 밑으로 떨어졌다. 우리는 서둘러 바위 틈새로 추락한 안경을 찾았다. 결혼을 며칠 앞두고 안경이 깨져버리기라도 했다면 얼마나 불길했을까. 그때도 아내는 지금처럼 안경을 찾아 들고 서 있었다.

"이렇게 뿌연데 잘 보여요?"

협탁 위에 놓인 안경을 들어 이리저리 살펴보던 아내가 곁에 있던 안경닦이로 안경알을 정성스레 닦았다. 그러고는 내 귀에 안경을 걸어주었다. 윤곽이 흐릿하던 사물이 선명하게 보였다. 문득 좋은 부부란 도수가 맞는 안경 같은 존재가 아닐까 하는 생각이 들었다. 뿌옇던 세상이 상대로 인해 비로소 환해지는 그런 존재 말이다.

그런데 초점이 맞은 내 눈은 안타깝게도 안경 너머 아내 눈가의 주름까지 선명하게 보고 말았다. 그새 아내도 많이 늙은 것이다. 소설가의 아내로, 교사의 아내로 마음고생이 심했구나, 라는 생각이 들면서 괜스레 미안했다.

나는 뻣뻣해지는 뒷목을 주무르며 속으로 다짐했다. 일도 줄이고, 술도 좀 줄이자고. 하지만 이게 시작이었음을 누가 짐작이나 했을까.

앞으로 매일 와이셔츠 단추를 채우지 않아도 되고, 매일 구두의 먼지를 털지 않아도 되는 그런 날이 암살범처럼 은밀하게 다가오고 있음을.

내 병은 오른쪽을 돌아 왼쪽으로 찾아왔다. 오른손에서 왼손으로, 오른발에서 왼발로.

공식 병명은 근위축성 측삭경화증ALS, Amyotrophic Lateral Sclerosis. 이 말을 풀어보면 '근육이 사라지고 척수의 운동신경 다발이 딱딱하게 굳는다'는 뜻이다. 병명을 찾아내는 데만도 1년여의 시간이 걸렸다. 일명 루게릭병.

미국 프로야구의 전설적인 스타, 헨리 루이스 게릭Henry Louis Gehrig이 이 병에 걸린 뒤로 그의 이름을 따서 '루게릭'이라고 부른다는 병. 천체 물리학자 스티븐 호킹Stephen Hawking 박사가 앓고 있는 것으로 잘 알려진 바로 그 병 말이다. 근육 운동을 조절하는 뇌세포가 파괴되어 근육에 동작 신호가 전달되지 못해 점차 근육이 소실되는 병. 그래서 내 손으로 밥을 먹을 수도, 내 발로 걸을 수도 없으며, 결국 숨을 쉴 수도 없어 발병한 지 3~5년 안에 사망한다는 병.

　그해 가을 나는 여전히 와이셔츠를 입고 100분 이상 운전해서 출퇴근을 했다. 특별지도 수업으로 탁구반을 맡았고, 가끔 내 장기인 날카로운 스매싱도 날렸다. 하지만 칠판에 글씨를 쓰다가도 팔이 힘없이 툭 떨어졌고, 밥을 먹다가도 가끔 젓가락을 놓쳤다. 내 몸에 무슨 심각한 변화가 일어난 것이 분명했다. 의지와는 상관없이 신체들이 조금씩 내 통제력을 벗어나고 있었다.

　그동안 바쁘다는 이유로 몸을 너무 혹사시킨 탓인가. 옛 어른들 말씀이 문득 생각났다. 나이 쉰이 넘으면 이제 몸에게 물어봐야 된다고. 하고 싶은 일을 하는 것이 아니라 몸에게 감당할 수 있는지 물어보고 해야 한다고. 내 나이 쉰네 살. 그 말이 무슨 뜻인지 이제 알 것도 같았다.

　지금도 그렇지만 교사라는 직업이 학생들 수업 지도만 하는 것은 아니다. 중요 보직이라도 맡고 보면 행정 잔무를 처리하느라 정작 수업 준비에 소홀해지기 일쑤다. 특히 교무부장은 새로 부임한 신참 선생님 관리부터 학부모 총회, 교과과정 하나하나까지 관여하는 등 학교 전반에 걸쳐 잔손이

제일 많이 가는 보직이다. 그런데 나는 유난히도 그 교무부장과 인연이 깊었다.

낙동고등학교에서는 4년간 인문부장 등의 직책을 맡아 정신없이 보냈다. 타고난 일복은 어딜 가도 마찬가지였다. 2004년에는 당시 준신설 학교인 분포고등학교에 부임해 인문부장을 맡아 도서관 신설 업무에 매달렸고, 이후 2년 동안 교무부장을 맡아 학교 업무 전반을 본궤도에 올려놓느라 땀을 뺐다.

그 후 신설 학교인 신정고등학교로 차출되어 개교 준비에 여념이 없었고, 다시 교무부장을 맡아 가장 먼저 출근하고 가장 늦게 퇴근하는 나날이 계속되었다. 이러한 공로를 인정받아 교육감상과 교육부장관상을 수상하기도 했지만, 그러는 사이 내 몸은 갈수록 지쳐갔다.

그런데 참 이상했다. 몸이 지치고 잔무에 시달릴수록 소설에 대한 열망은 더욱 강렬해졌다. 폭풍처럼 몰아치는 일을 처리하고 잠시 먼 산등성이를 바라보다 소설을 생각했고, 커피 한 잔을 마시다가도 문득 소설을 떠올렸다. 그런 날 밤에는 달뜬 몸으로 잠을 설치며 새벽까지 글을 끼적이곤 했다.

늘 잠이 부족했고 업무에 쫓기는 날들이었지만 나름 성과도 있었다. 1986년에 나는 한국일보 신춘문예로 등단할 뻔했다. 연락처를 부산 하숙집으로 적어둔 것이 화근이었다. 최종 당선자로 확정되고도 신문사와 연락이 되지 않는 바람에 소중한 등단의 기회를 놓쳤다. 결국 4년 뒤인 1990년 부산일보 신춘문예에 당선되어 소설가로 등단했고, 틈틈이 논문을 완성해 국문학 박사 학위도 받았다. 하지만 지금 돌아보니 이런 것들이 다 무슨 소용일까. 좋은 소설을 쓰고 싶다는 내 꿈을 지연시켰을 뿐인데.

사실 내 꿈은 전업 작가였다. 어쩌면 난 그날을 앞당기기 위해 그렇게 열심히 살았는지도 모른다. 커피잔이 여러 개 어질러진 방에서 며칠씩 뒹굴며 소설을 구상하는 것. 골방에 틀어박혀 코피가 날 때까지 소설을 쓰다 새벽안개를 들이마시며 담배 한 대를 빼어 무는 것. 그것이 내 소박한 소원이었다. 문학이란 것이 의식주를 해결해주진 못할지라도 우리 삶을 풍성하게 해준다고 나는 믿고 있었다.

스스로 진지하게 질문해본 적이 있다. 왜 나는 일상의 욕망을 많은 부분 포기해가며, 쉽게 상처 받아가며, 쓸데없이 절망해가며 소설을 쓰는 것일까?

조심스럽게 내가 얻은 답은, 소설은 하나의 위안이라는 것이다. 상처 받고 슬프고 불안으로 흔들리는 영혼을 위로

하는 것이 소설이라고. 그리하여 소설은 상처 받은 영혼을 어루만져주고, 눈물을 닦아주고, 불안을 잠재워주는 따스한 손이라고 나름대로 정의를 내렸다.

또한 소설은 힘이라고 생각했다. 진실한 영혼이 경박한 현실에 지쳐 쓰러지지 않게 받쳐주는 힘이 소설이고, 그러한 영혼을 응원하며 조용히 펄럭이는 깃발이 소설이라고 나는 믿었다. 그래서 부끄럽지만 학교는 생계를 위해 잠시 머무는 곳이라고 생각했다. 학생들을 가르치면서도 양복 주머니에 꽂아놓은 사표를 만지작거렸다. 큰아이가 대학에만 가면, 작은아이가 조금만 더 크면, 하면서 내 꿈의 골방에 칩거하기를 유보하고 있었다.

하지만 엄지와 검지를 자유롭게 사용하지 못하게 되면서 정신이 번쩍 들었다. 이러다 영영 글을 못 쓰게 되는 것은 아닐까? 그래서 내 발로 병원을 찾아갔다. 먼저 집 근처 정형외과에서 치료를 받았지만 효과가 없었다. 나는 점점 불안해지기 시작했다.

교묘하게 위장한 반란군을 색출하듯, 나는 깊숙이 숨어 있는 내 증상들의 원인을 찾아 이 병원 저 병원을 헤맸다. 그러는 가운데도 여지없이 꽃은 피었다. 숙이고 있던 고개를 쳐들듯 갑자기 화들짝 피어나는 목련 그리고 살구꽃. 눈

부신 벚꽃길을 지나면서는 뜬금없이 〈사랑 후에 남겨진 것들〉이란 영화의 한 장면을 떠올리기도 했다.

시한부 선고를 받은 남자 주인공이 먼저 죽은 아내를 그리워하며 그녀의 옷을 입고 흐드러지게 핀 벚꽃 아래서 아내가 좋아했던 부토 춤을 춘다는 이야기. 문득 벚꽃이 흩날리자 영화 속 사내의 춤이 오버랩되면서 산다는 게 하염없이 허망해지기도 했다.

그해 봄 나는 부산 시내 성모병원, 박원욱병원, 동아대병원을 다니며 CT 촬영과 근전도 검사 등을 했고, 우리들병원에서 경추 디스크 및 협착증 진단을 받았다. 그리고 지인의 소개로 서울의 한 개인 병원에서 목 디스크 수술을 받았지만 그뿐이었다. 증세는 점점 더 악화될 뿐이었다. 내 뒷덜미에서 자꾸 불길한 입김이 느껴졌다.

다시 부산대병원을 찾았다. 의사는 시큰둥한 표정으로 모니터의 차트를 살폈다. 그리고 끝에 삼각형 고무가 달린 작은 봉으로 내 팔꿈치와 무릎, 발목 등을 툭툭 쳤다. 두 팔을 머리 위로 올려보라고도 했는데, 오른팔이 가슴 높이 이상 올라가지 않았다.

근전도 검사도 받았다. 약한 전기가 흐르는 바늘로 팔과 다리 등을 콕콕 찔러 근육의 신경전달 속도를 측정하는 검사였는데 마치 고문을 받는 기분이었다.

며칠 후 근전도 검사 결과를 보더니 의사가 고개를 갸우 뚱거렸다. 그러면서 큰 병원에 가보라고 조심스럽게 권하는 것이었다.

"운동신경원 세포질환일 가능성이 큽니다."

처음엔 그 말의 의미를 이해하지 못했다. 내 뜨악한 표정을 보더니 의사는 다시 천천히 말했다.

"쉽게 말해 루게릭병이라고 하는데…… 정밀 검사를 받아보는 게 좋을 것 같습니다."

진료실을 나오자 무중력의 공간에 발을 딛는 것처럼 다리가 허청거렸다. 나는 병원 1층의 중앙 로비 의자에 무너지듯 주저앉았다. 루게릭병. 스티븐 호킹 박사가 앓고 있는 병. 희귀난치성 질환. 불치병. 내가 루게릭병에 대해 아는 것이라곤 고작 이 정도였다.

머리가 어지러웠고 이마에서 진땀이 났다. 제일 먼저 아내의 얼굴이 떠올랐다. 아내가 이 사실을 알게 되면 어떤 반응을 보일까? 집안 경제를 먼저 걱정할까, 아니면 내 미래를 걱정할까? 아이들은 어쩌지? 직장은 또 어떻게 하나? 치료비는? 병가는 언제쯤 내야 하니? 직장을 잃고 나면 우리 가족은?

하늘이 노랗고 땅이 꺼지는 느낌이 이런 것인가. 곧 정신을 잃을 것 같은 피로감이 엄습해왔다. 10만 명당 한두 명 걸리는 병이라는데, 왜 나같이 평범한 사람에게 이런 병이 생긴 것일까?

이제는 힘을 줄 수도 없는 오른손 엄지와 검지를 바라보았다. 그리고 왼손으로 주물렀다. 탈진한 듯 엄지와 검지는 축 처진 채 슬픈 얼굴로 나를 올려다보고 있었다.

내 안의 외로운 늑대 한 마리

가령 당신이 어느 날 갑자기 길을 가다 푹 쓰러지거나, 손에 힘이 풀려 가벼운 물건조차 들지 못하게 된다면. 처음에는 왜 그런지 잘 모른다. 하지만 어디가 아프거나 저리는 등 특별한 증상은 없으므로 그냥 넘어간다. 그런데 이것은 시작에 불과하다.

팔목이 가늘어지고, 점점 손과 다리에 힘이 없어진다. 손톱이나 발톱을 혼자 자를 수 없고, 쪼그리고 앉았다가 뒤로 넘어질 수도 있다. 그러다 결국 씹거나 삼키지도 못하고, 말도 할 수 없는 상태에 이른다.

종국에는 배에 구멍을 뚫고 위장에 튜브를 연결해 음식물을 주입한다. 온몸의 근육이 소실돼 자기 힘으로는 손가락,

발가락 하나 움직이지 못한다. 두 눈만 껌벅껌벅할 뿐이다. 그러나 의식은 평소보다 더 명료해 자신의 이런 모습을 하나하나 처절하게 지켜본다. 감각도 그대로 살아 있어 허리도 아프고 등도 가렵다. 오줌도 마렵고 똥도 마렵지만 누군가의 도움을 받아야만 한다. 이렇게 3년에서 5년을 견뎌야 한다. 다만 기관지를 절개한 후 인공호흡기로 숨을 쉬면 수명을 조금 더 늘릴 수는 있다.

매일매일 조금씩 나빠지는 병.

절대 좋아지지 않는 병.

병세를 늦추는 것이 가장 최선인 병.

이것이 루게릭병이다.

보는 것도, 듣는 것도, 간지러운 것도, 욱신욱신 쑤시는 것도 다 그대로인데 근육세포만 쏙쏙 사라져 움직일 수 없는 병. 딱딱한 육체의 감옥에 갇힌 채 나를 나로부터 철저히 타자화할 수밖에 없는 병. 그래서 어떤 이들은 세상에서 가장 잔인한 병이 루게릭병이라고 말한다.

부산대병원의 검사 결과가 정확하다면, 나는 그 루게릭병일 가능성이 높았다. 루게릭병 증상이 구강에서 시작되는 연수형이 있고, 손이나 발에서 시작되는 사지형이 있는데, 오른손 엄지와 검지를 움직일 수 없는 것을 보면 아마도 나는 사지형인 것 같았다. 그러나 확실한 것은, 연수형이든 사지형이든 온몸이 굳어 결국 호흡 장애로 사망한다는 것이다. 아무리 발병 원인을 모른다지만 나는 이 사실을 인정할 수 없었다.

그때부터 루게릭병에 대한 자료를 여기저기 찾아보았다. 한국루게릭협회에 따르면, 국내 루게릭병 환자 수는 약 2,500명이며 매년 약 500명의 환자가 발생하고 있다. 평균 수명은 3~4년이며 발병 연령은 50.2세. 유럽과 미국의 발병 평균 연령 55~56세보다 조금 빠른 편이다. 남성이 61.4퍼센트, 여성이 38.6퍼센트로 남성에게 더 많이 발생하며, 증상 발생부터 확진까지 걸리는 시간이 평균 14.7개월이다.

치료 약물은 없는 상태이고, 미국 식품의약국 FDA이 승인한 리루텍을 사용하고 있긴 하나, 복용 시 생존 기간이 약 3개월 연장되는 정도라고 한다. 유전 원인은 5~10퍼센트로 21번 염색체에서 원인 유전자의 돌연변이가 확인되고는 있지만 대부분 발병 원인이 밝혀지지 않고 있다.

이 정도가 내가 인터넷을 뒤져 알아낸 루게릭병에 대한 정보의 전부였다.

혼란스럽고 설망적이었다. 그 사실을 받아들이기가 힘들었다. 그리 착하게 살진 못했어도, 그렇다고 10만 명당 한두 명에 뽑힐 만큼 나쁘게 살지도 않았는데……. 세상에 악독하게 나쁜 놈들이 얼마나 많은데……. 이건 뭔가 잘못된 것이라고, 오진이라고 소리치고 싶었다.

신이시여, 왜 하필 저란 말입니까?

그저 열심히 살았을 뿐인데, 어떻게 제게 이러실 수 있습니까?

그런 날 밤이면 단전에서 커다란 불기둥이 솟구치는 것만 같아 가만히 앉아 있을 수가 없었다. 나는 우리에 갇힌 맹수처럼 거실을 서성거렸다. 흡뜬 눈으로 오른쪽으로 돌다 다시 왼쪽으로 돌다, 보이지 않는 쇠창살이 점점 옥죄어오는 느낌에 집 밖으로 뛰쳐나왔다.

어떤 날은 비상벨처럼 격렬하게 울려대는 심장이 고통스러워 택시를 잡아타고 응급실에 간 적도 있다. 집 앞에서 무작정 제일 먼저 달려오는 택시를 세웠다. 그러고는 집에서 가장 가까운 병원 응급실로 가달라고 했다. 그러나 채 1킬로미터도 못 가서 나는 택시를 세웠다. 곧 숨이 넘어갈 것만 같았기 때문이다.

택시에서 내려 숨을 돌리고 나면 다시 심장이 옥죄어왔다. 그러면 다시 택시를 잡아탔다. 그렇게 택시를 탔다가 중간에 내리고 다시 타기를 반복하느라 10여 분이면 갈 거리를 두 시간 만에 도착했지만, 응급실에선 심장에 이상이 없다는 이야기만을 들었을 뿐이다.

　간신히 잠이 들었다가도 종종 발작을 일으켰고, 괴성을 지르다 깨어나곤 했다. 그럴 때면 불을 켜달라고 다급하게 소리쳤다. 잠옷은 식은땀에 축축이 젖어 있었고, 몸은 부들부들 떨렸다.

　나는 알 수 없는 거대한 검은 그림자에 쫓기고 있었다. 물에 빠지는 꿈을 꿀 때도, 절벽에서 떨어지는 꿈을 꿀 때도, 언제나 실체를 알 수 없는 그 검고 차가운 그림자가 소리 없이 나를 덮쳤다. 나는 극도의 공포감에 사로잡혀 비명을 지르며 깨어나곤 했다. 그렇게 깨어난 밤에는 다시 잠들 수 없었다.

　그래서 깜깜한 공원을, 가게의 셔터가 내려진 거리를, 자동차가 뜸한 도로를, 풀벌레 울음소리가 부서지는 풀숲을 아침 이슬이 내릴 때까지 헤매고 다녔다. 먼동이 터올 때쯤이면 정신이 들어, 마치 흘레질 끝난 개의 모양새로 이슬과 땀에 젖어 집으로 돌아오곤 했다.

　2007년에 나온 두 번째 소설집에 〈길 위에서〉라는 작품이 있다. 월남전에 참전한 아버지가 일명 월남병(고엽제 후유증)에 걸려 광기에 시달리는 모습을 묘사한 대목이 있는데, 그 아버지의 발작이 꼭 그때의 내 모습 같았다. 소설가는 자신의 소설을 닮는다는 항간의 말처럼, 이미 난 그때 내 미래를 예감했던 것은 아닌지.

그나마 얕은 잠이라도 들면 다행이었다. 어떤 날은 집을 뛰쳐나가 자동차 운전석에 앉아 그대로 밤을 샌 적도 있었고, 또 어떤 날은 택시를 잡아타고 응급실을 찾아 헤매기도 했다. 지금 생각해보면 심한 충격으로 공황장애 비슷한 증상을 보이지 않았나 싶다. 당시는 루게릭병 때문이 아니라 당장 공황장애 증상으로 죽을 것만 같았다.

병이란 과거의 나쁜 습관이 쌓여 생기는 것이라는데……. 몸이야말로 그 사람의 과거와 미래를 모두 담고 있는 습관의 거처라는데…….

나는 엄지와 검지를 내려다보았다. 칠판에 글씨를 쓸 때 분필이 부러지도록 힘을 주었기 때문일까? 아니면 밤새 글을 쓰느라 엄지와 검지를 지나치게 혹사시킨 탓일까? 잘못이 있다면 늘 왼쪽 가슴에 사표를 꽂아둔 채 호시탐탐 문학을 넘보았다는 것. 밤새 잠을 설치며 나무 몇 그루에 달하는 파지를 남겼다는 것. 그게 루게릭병에 걸릴 만큼 중죄였던 것일까?

바이러스 먹은 컴퓨터를 초기화하듯 내 몸을 재부팅하고 싶었다. 내 인생을 2011년 이전으로 복구하고 싶었다. 그럴

수만 있다면 얼마나 좋을까.

그동안 생계 때문에, 사회적인 시선 때문에, 관계 때문에 내 마음 깊은 곳에 꽁꽁 가둬두었던 꿈들이, 늑대의 길을 버리고 개의 길을 간 내 야성이 억울하다며 밤마다 거칠게 울부짖으며 날뛰고 있었다.

감귤나무 사이로, 2014, Acrylic on Canvas, 112,1×162,2cm

부산대병원의 검사 결과를 아무에게도 말하지 못하고 한동안 혼자 끙끙 앓았다. 꼭 보호자와 함께 큰 병원에 가보라던 의사의 당부를 무시할 수 없어 삼성서울병원에 가기 전날 아내에게 비로소 사실을 털어놓았다. 나한테 뭔가 문제가 생긴 것 같다고, 조금 특이한 병에 걸린 것 같다고.

아내는 별로 심각하게 받아들이지 않는 눈치였다. 수술 정도로 해결될 수 있는 그런 병으로 생각하는 것 같았다.

다음 날 오랜만에 아내와 나란히 서울행 KTX에 올라탔다. 창밖으로 스쳐가는 낙동강 줄기를 보면서 아내가 생각났다는 듯이 말했다.

"꿈에 물이 나오면 좋다잖아. 어젯밤 꿈에 맑은 강물 위에

까만 고무신 한 짝이 동동 떠가더라. 종이배처럼 말이야. 강바닥 자갈들이 다 보일 정도로 물이 아주 맑더라고. 좋은 소식이 있을 거야."

아내는 강물이 맑더라는 것을 강조했지만, 나는 하염없이 흘러갔다던 그 검은 고무신 한 짝이 자꾸 마음에 걸렸다.

부산작가회의 회장에 이어 바로 부산소설가협회 회상을 맡으며 나는 점점 더 귀가가 늦어졌다. 그래서 아내에게 늘 미안한 마음이었다. 술을 한잔 기분 좋게 걸친 날이면 집 근처에서 아내에게 전화를 걸었다.

"백 여사 지금 내려와."

자정이 넘은 시각에 아내는 무섭다고 하면서도 사거리로 나를 마중 나왔다. 멀리서 아내의 모습이 보이면 나는 "백여사!"라고 소리치며 두 손을 높이 들어 만국기처럼 흔들어댔다. 노래방에서 내가 아는 달콤한 발라드를 아내에게 모두 바친 후 의기양양하게 아내의 어깨에 팔을 걸치고 귀가하고는 했다. 늘 웃음을 잃지 않는 아내였는데 그날따라 얼굴에 수심이 가득해 보인 것은 아마도 무거운 내 마음 탓이었을 것이다.

삼성서울병원에서는 루게릭병일 확률이 90퍼센트라며

루게릭병 클리닉이 개설된 한양대병원에 의뢰서를 써주었다. 이제 내 병은 확실해졌다. 나는 한양대병원에 2박 3일 입원해 근전도 검사와 근육세포 조직 검사, 척수액 검사 그리고 각종 혈액 검사를 마친 뒤 최종적으로 루게릭병 확진을 받았다.

"다행히 진행 상태는 그리 빠르지 않은 편입니다. 그러나 곧 왼팔도 증상이 나타날 것입니다. 어찌 됐든 적당한 운동과 영양 상태를 유지해서 진행 속도를 늦추는 것이 최선입니다."

"정말 치료법이 없는 겁니까?"

나는 절망적인 목소리로 의사에게 물었다. 물론 답은 나도 알고 있었다.

"저희 병원을 비롯해서 전 세계적으로 약물과 줄기세포 치료법을 개발 중이나 아직 확실한 결과를 얻지 못한 상태입니다. 그래도 희망을 가지시고 몸 상태를 잘 유지하시기 바랍니다."

병원에서 준 안내 책자를 손에 꼭 쥐고 있는 아내의 낯빛이 창백했다. 나는 아내와 잠시 감정을 추스르기 위해 조용한 카페에 들어갔다.

이 세상에 가족은 두 종류가 있다고 한다. 큰일이 생겼을 때 똘똘 뭉치는 가족과 분열하는 가족. 지금도 여리여리하지만 큰일이 있을 때는 오히려 나보다 더 담담하고 대담한 아내였다. 나는 아내를 믿었다.

"왼손은 괜찮아요?"

왼손으로 커피잔을 드는 나를 근심스러운 눈빛으로 쳐다보며 아내가 말했다. 나는 커피잔을 조금 높게 들어 보였다. 이제 곧 커피잔도 못 들겠지. 어쩌면 그렇게 좋아하는 커피를 빨대로 마셔야 될지도 모른다. 세수도, 양치질도 혼자 못하겠지. 탁구도 못 치겠지. 내 화려한 스매싱을 더는 날릴 수 없겠지. 아…… 기도도 할 수 없겠구나. 하느님, 내 목숨을 불쌍히 여겨달라고…….

커피잔을 조용히 내려다보던 아내가 눈물을 뚝뚝 떨구었다.

신학기가 되면서 명예퇴직을 신청했지만 신청자가 많아 한참을 기다려야 했다. 공무원 연금을 개혁할 것이라는 소문이 돌면서 명예퇴직 신청이 급증했기 때문이었다. 그전까지는 그럭저럭 견딜 만했는데 루게릭병 확진을 받고부터는 몸이 급속도로 나빠졌다. 하지만 명예퇴직이 안 되니 당분간 출근을 감행해야 했다.

그나마 다행이었던 것은 집에서 가까운 동래원예고등학교로 전근을 해 조금은 여유가 있는 작문 과목을 맡은 것이다. 칠판에 필기를 많이 하지 않아도 되고, 때로 앉아서 수업을 할 수도 있었다. 물론 보직에서도 제외시켜주었다.

내 소설 〈구글 어스〉에 보면 섭식장애에 걸린 아내에게 남편이 이런 말을 한다.

신이 인간을 만든 후에 자신과 똑같이 생긴 게 너무 대견스러워 인간에게 모든 것을 다 주기로 했대. 그래서 행복과 사랑과 슬픔과 분노와 자랑스러움과 명예 등등을 다 주었대. 그런데 꼭 한 가지 주지 않은 게 있는데 그게 뭔지 알아?

……(중략)……

안식이야. 안식만은 신이 인간에게 주지 않았다는군. 안식까지 주면 인간이 너무 오만해져 자신을 만들어준 신을 잊을까봐서 그랬다지 아마…….

어차피 산다는 것은 불완전함을 사는 것이고 불안을 견디는 일인지도 모른다. 앞으로 진행될 병세에 대한 두려움 속에서도 나는 작은 것들에 문득문득 위안을 받았다. 새싹이 조금씩 솟아오르는 소리, 투명한 연둣빛이 바람에 찰랑거리는 소리, 그리고 바람의 세기와 매일매일 달라지는 햇빛의 양……. 모두 몸이 아프고 난 뒤에 비로소 보고 느끼게 된 것들이다.

어쩌면 신이 인간에게 병을 주는 것은 너무 오만해지지 말라는 경고인지도 모른다. 자신을 돌아보라는, 그동안의 삶의 습성을 바꾸라는 충고인지도 모른다. 그동안 나는 문학 박사에, 소설가에, 두 아들의 아버지에, 과분한 아내까지, 많은 것을 얻고도 더 욕심을 내고 있었던 것이다.

그래도 아직 왼팔에 힘이 남아 있었고, 두 발로 걷는 데도 이상이 없었다. 동료 교사들의 도움으로 수업도 차질 없이 진행할 수 있었다. 하지만 이미 오른손은 전혀 쓸 수 없었고, 왼손도 점점 힘이 빠지고 있었다. 화장실에 가서 지퍼를 내릴 수는 있었지만 올리기는 힘들었다. 그래서 될 수 있는 한 학교에서는 화장실에 가지 않을 요량으로 물 한 모금 마시는 것도 절제했다.

점심시간에 왼손으로 밥을 먹다 보니 옆사람과 자꾸 팔이 부딪혔고, 한 손으로 식판을 옮길 때마다 늘 마음이 조마조마했다. 왼손으로 식판을 들고 오른손으로 음식을 담아야 하는데 나는 그럴 수가 없었다.

그날도 간신히 음식을 담아 한 손으로 식판을 들고 가는데 왼손 위에서 기우뚱하던 식판이 그대로 바닥으로 곤두박질했다. 옆사람의 비명과 함께 바닥에 처참하게 흩어진 멸치볶음이며 김치 조각들……. 사람들의 시선이 일제히 나에게 쏠렸다. 그날 이후로는 교내 식당에서 점심을 먹는 것도 삼가게 되었다.

점심시간이 되면 나는 교문을 나와 횡단보도를 건넜다.

나를 기다리고 있는 아내의 차가 보였다. 손에서 식판을 놓친 그날 이후 아내는 매일 점심 도시락을 싸들고 학교 앞으로 왔다. 점심때뿐만이 아니었다. 때맞춰 휴직을 한 아내는 출근시간과 퇴근시간에도 학교에 왔다. 아내는 온전히 나의 손발이 되어주고 있었다.

아내와 난 학교 앞 아파트 단지 내 공원에 자리를 잡았다. 아내는 먼저 내 바지부터 살폈다. 바지 지퍼를 잘 올리지 못하게 되자 아내는 상의를 긴 것으로 입혀주었다. 혹시 지퍼를 올리지 못하더라도 속옷이 보이지 않도록.

그날은 오전에 화장실을 다녀와서 지퍼가 내려가 있었다. 아내는 지퍼를 올려주고는 허리 벨트의 버클도 가지런히 정리해주었다. 그러고는 초록이 제법 짙어진 풀숲 위에 돗자리를 폈다. 보자기로 싼 도시락과 보온병 그리고 딸기까지 정성스레 준비한 아내의 도시락이 펼쳐졌다.

벚꽃이 진 자리에 조팝꽃이 쌀밥을 흩뿌려놓은 것처럼 피어 있었다. 돗자리 옆에는 병아리꽃이 하얀 꽃잎 넉 장을 가지런히 붙인 채 브로치처럼 피어 있었고, 자주달개비와 흰 민들레꽃이 풀숲 사이에서 지천으로 얼굴을 내밀고 있었다. 어디선가 아카시아 향이 풍겨왔다. 문득 내 처지도 잊은 채 소풍이라도 온 것 같은 착각이 들었다.

아내가 싸온 도시락은 김밥이었다. 오른손을 자유롭게 쓰지 못하다 보니 간편하게 먹을 수 있는 김밥이 좋았다. 노란 달걀과 빨간 당근, 푸른 시금치 등이 골고루 들어간 김밥은 또 하나의 봄꽃이었다. 아내는 따뜻한 커피로 먼저 내 목을 축인 다음 김밥 하나를 입에 쏙 넣어주었다.

공원 앞으로 자전거를 탄 사람이 지나갔다. 우리 사정을 모르는 남들이 본다면 참으로 다정하고 행복한 부부의 모습이겠지.

꽃잎에 반사된 햇빛이 눈을 찔러대서인지 자꾸 눈물이 났다. 그것은 어쩌면 찬란한 정오의 햇빛 때문인지도 몰랐고, 아득한 아카시아 향 때문인지도 몰랐고, 아내가 싸온 김밥 때문인지도 몰랐다. 나는 자꾸 눈시울이 뜨거워졌다.

그래, 살아간다는 건 내 소설에 나오는 한 대목처럼 저마다 마음속에 감옥을 짓는 일이고, 그 감옥 속에서 쉽게 죽지는 않을 병을 앓으며 서서히 죽어가는 것인지도 모르지.

죽는다는 것. 알고 보면 그렇게 억울할 일도, 원통한 일도 아니다. 삶이란 만성 통증 같은 것이고, 퇴행성 질환 같은 것이 아니던가. 종국엔 모두 하나씩 병을 얻어 죽음으로 향하게 돼 있다. 비명횡사하지 않고 쉰이 넘도록 살아봤으니 그나마 다행 아닌가.

마지막 하나 남은 김밥을 삼켰다. 난 이제 예전으로 돌아가지 못할 것이다. 그래도 나의 삶은 계속될 것이다. 단지 이전과는 다른 질서 속에서 살게 되는 것일 뿐.

아침에 넥타이를 매고 출근하는 삶은 아니지만, 내 손으로 옷을 입고 밥을 떠먹는 삶은 아니지만, 새로운 질서 속에서 내 삶은 계속될 것이다. 그 삶은 이제 근육을 움직여 사는 삶은 아닐 것이다.

그러나 노루귀, 괭이눈, 복수초여! 근육이 없는 저 꽃들의 삶을 어찌 아름답지 않다고 말할 수 있겠는가.

내 병은 시간이 지나면 자연스레 치유되는 그런 병이 아니다. 숨이 붙어 있는 한 나와 동거해야 하는 병이다. 불편한 동거일지라도 나는 완주하고 싶었다. 이 병은 어쩌면 끝까지 완주하는 데 그 의미가 있을지도 모르기 때문이다.

작은 마을 이야기, 2014, Acrylic on Canvas, 40.9×53cm

지금 뭘 하고 있나요?"

"아프고 있습니다."

– 알퐁스 도데

내가 루게릭병에 걸렸다고 해서 달라진 것은 없었다.

학교는 여전히 아무 일 없이 잘 굴러갔다. 원예사나 조경사를 꿈꾸는 학생들은 여전히 아침 햇살처럼 조잘거리며 등교했고, 수업 종료를 알리는 벨이 울리기가 무섭게 매점으로 달려갔다. 체육 선생은 늘 그랬듯 지휘봉의 고리를 검지에 감은 채 휘휘 저으며 걸어 다녔다.

눈이 부시게 푸르른 정원을 걸어 다니는 학생들의 모습을 볼 때면 왈칵, 복숭아 씨앗만 한 울음이 목울대에 걸리기도 했다. 조금씩 근육이 굳어가는 나만 그들의 대열에서 이탈하고 있을 뿐, 세상은 아무 일 없다는 듯이 잘 굴러갔다.

오른발의 힘이 빠지면서 걷는 것도 점점 불편해졌다. 이런 내 모습을 바라보는 동료 교사들의 어색한 눈빛도 불편했다. 하지만 아직도 명예퇴직이 결정되지 않아서 학교로 계속 출근해야 하는 나날이었다.

왼손으로 세수를 하고 왼손으로 이를 닦았다. 거울 속에 살가죽만 남은 사내가 퀭한 눈으로 나를 보고 있었다. 문득 이상의 〈거울〉이라는 시가 떠올랐다.

거울속의나는왼손잡이오.
내악수를받을줄모르는—악수를모르는왼손잡이오.

왼손으로 세수를 하고 이를 닦는 나는 거울 속에서 오른손잡이였다. 왼손잡이로 살아가기엔 생활 곳곳에 불편함이 도사리고 있었다. 컴퓨터 키보드의 숫자판이 오른쪽에 있어서 불편했고, 마우스도 왼손잡이용을 따로 사용해야 했다. 심지어 악수를 할 때도 대부분 오른손을 내밀었다. 그래서 마지막으로 악수한 것이 언제인지 기억이 가물가물했다.

어느 날 저녁이었다. 평소처럼 발을 씻으려고 세면대에 오른발을 번쩍 들어 올리다가 그만 오른발에 힘이 빠지면서 균형을 잃고 뒤로 나자빠지고 말았다. 픽 소리가 들리며 둔탁한 무엇인가가 뒤통수를 강타했다. 이어 뜨뜻한 액체가 볼과 뒤통수를 적시는 듯했다. 그리고 정신을 잃었던가.

마침 집에 군에서 제대한 큰아들이 있었다. 아내가 물 묻은 손으로 달려와 비명을 질렀고, 큰애가 피를 흘리는 나를 들쳐 업고 병원으로 향했다. 큰애가 운전하는 동안 아내는 타월로 뒤통수를 지혈했다. 아마도 넘어지면서 화장실 문턱에 세게 부딪힌 모양이었다. 나는 응급실에서 세 바늘을 꿰맸다.

그 후로도 난 자주 넘어졌다. 발톱을 깎다가도, 문지방을 넘다가도 맥없이 넘어졌다. 그렇게 넘어질 때마다 다리에 힘이 점점 빠져갔고, 몸도 좌우 균형을 잃어갔다. 넘어지는 횟수만큼 내 삶도 점점 무너지고 있었다.

여름방학이 시작되면서 나는 별로 좋은 기억이 없는 이 집에서 이사를 가기로 했다. 새 집에서 새 마음으로 투병의 의지를 다지는 것도 괜찮을 것 같았다. 마침 대연혁신도시가 입주를 시작해서 그쪽으로 집을 옮기기로 했다. 광안대교와 황령산을 끼고 있어 조망이 아주 좋은 곳이었다. 아파트를 둘러싸고 둘레길이 이어지는 것도 마음에 들었다.

내가 할 수 있는 일은 병의 진행을 조금이라도 늦추는 것뿐이었다. 그러기 위해서는 충분한 영양 섭취와 꾸준한 운동이 필수였다. 나는 비타민제와 항산화제를 꼬박꼬박 챙겨 먹었다. 병의 진행을 지연시켜준다는 리루텍도 하루 한 번 빼놓지 않고 복용했다.

신경전달물질인 글루타메이트에 장기간 노출되면 신경원이 파괴된다고 알려져 있다. 그런데 이 신경전달물질의 농도가 루게릭병 환자들에게선 높게 측정된다고 한다. 그래서 리루텍을 복용함으로써 글루타메이트의 작용을 억제해 병의 진행을 더디게 한다는 논리였다. 이미 파괴된 신경원을 회복시켜주지는 못하지만, 병을 지연시켜줄 수는 있다는 것이다.

오후가 되면 아내와 나는 천천히 아파트 둘레길을 걸었다. 길 양옆으로 키가 크고 곧은 편백나무가 많이 심어져 있었다. 오른팔을 실버드나무 가지처럼 축 늘어뜨린 채 오른발을 질질 끌며 걷는 내 모습이 아마도 중풍 걸린 사람 같았으리라.

그렇게 천천히 걷다 잠시 멈춰 숨을 돌릴 때면 편백나무 특유의 향이 코끝에 맴돌았다. 나는 눈을 감고 편백 향을 깊숙이 들이마셨다. 그러면 머리까지 맑아지는 느낌이었다. 병에 걸렸다고 내내 불행한 것은 아니다. 산들바람에 실려오는 한 줄기 편백 향에 문득 감사했고, 이 작은 순간들이 억겁의 시간보다 더 소중함을 깨닫기도 했다.

편백나무의 꽃말이 기도라고 했던가. 곧게 솟은 그 꼿꼿함으로 하늘에 내 기도를 잘 전해줄 것도 같았다. 감히 내 병을 완치시켜달라고 기도할 수는 없었다. 단지 내가 구상하고 있던 소설만큼은 완성하고 싶었다. 그만큼의 시간만 허락해달라고, 나는 마음속으로 기도했다.

2005년인가, 중추신경 장애를 가진 코플로위츠라는 미국 여성이 뉴욕마라톤을 완주해서 화제가 된 적이 있다. 27시간하고도 40분이나 걸렸다는 것을 생각하면 둘레길 정도는 아무것도 아니었다. 그녀는 인터뷰에서 이렇게 말했다.

"마라톤은 제게 두 가지를 알려줬어요. 인생에서 가장 중요한 것은 이기고 지는 게 아니라는 것을. 그리고 42.195킬로미터를 완주할 힘은 다른 곳이 아니라 바로 내 안에 있다는 것을요"

나는 나를 믿고 싶었다. 나에게 가장 필요한 것은 나를 믿는 것이었다. 포기하지 않는다면 분명 희망이 있을 것이다. 내게 필요한 것은 그런 '의지'였다.

"처음엔 당신이 글 쓰는 사람인 것도 몰랐잖아. 그냥 학교 선생인 줄만 알았지. 밤새 탁탁 소리가 나기에 처음엔 무슨 소린가 했어. 그때는 다들 타자를 쳤으니까. 아침이면 방 안에 돌돌 뭉쳐진 파지들이 야구공처럼 여기저기 굴러다녔잖아."

아내와 같이 둘레길을 걸으며 좋았던 점은 지난 시절을 떠올려볼 수 있다는 것이었다. 만난 지 한 달 만에 서둘러 결혼하느라 내가 소설 쓰는 사람이란 말을 아내에게 미처 하지 못했었다. 결혼을 하고서는 소설을 써야겠다는 생각에 오후 4시에 출근하는 야간학교 선생을 지원했다. 그렇게 해서 1990년에 단편 〈청학에서 세석까지〉로 부산일보 신춘문예에 당선됐다. 하지만 그 후로 등 떠밀리듯 세상으로 나갔고, 그 소용돌이에 휘말려 정작 소설 쓰기는 한켠으로 밀려나고 말았다.

1994년 첫 창작집《집이 있는 풍경》이 꽤 호평을 받았고, 1996년에 쓴 단편 〈길 위에서〉로 제1회 부산문학상을 수상했다. 이런 관심들이 나를 조금은 우쭐하게 했던 것 같다. 첫 창작집을 보신 소설가 신태범 선생은 나에게 학교를 그만두고 전업 작가로 나서보라고 진심 어린 조언까지 해주셨다.

하지만 난 처자식을 거느린 가장으로서 학교를 그만둘 만큼 용기가 없었다. 그래서 첫 창작집을 내고 10년 세월이 흐른 뒤에야 두 번째 창작집을 낼 수 있었다. 소설 쓰기에 전력하지 못하고 대학교수를 하겠다고 박사과정 공부에 많은 시간과 정열을 낭비한 탓이다. 지금 생각하면 쓸데없는 욕심이었다. 그러나 당시에는 소설가와 학자 두 가지를 다 할 수 있을 것 같았다. 소설의 측면에서도 두 번째 창작집보다 첫 번째 것이 훨씬 좋았다. 박사과성 공부가 나의 문학적 감수성을 망쳐놓았는지도 모른다.

둘레길을 한 바퀴 돌자 땀이 솟았다. 아내가 내 이마에 맺힌 땀을 닦아주며 이제 그만 들어가자고 했다. 편백나무 허리까지 석양이 내려와 있었다. 조만간 걷지도 못하고, 말하지도 먹지도 못하는 시간이 닥쳐올 것이다. 그 시간을 조금이라도 늦추려면 체력을 더 키워야 했다.

"한 바퀴만 더 돌고 가자."

놀라는 아내의 얼굴을 뒤로하고 난 앞서 걸었다. 오른팔을 늘어뜨린 채 오른발을 끌면서. 그러나 한 걸음 한 걸음, 기도하는 마음으로 걸었다. 이 한 걸음이 가장 중요한 순간에 결정적으로 생명을 연장해주기라도 할 것처럼 정성을 다해 걸었다.

그러나 욕심이 과했던지 몇 걸음 못 가서 앞으로 꼬꾸라지고 말았다. 얼굴을 옆으로 한 채 나무토막처럼 그렇게 옆어져 있었다. 몸을 뒤집을 수도, 기어갈 수도 없었다. 뺨이 쓰라렸지만 얼굴도 들지 못한 채 그 상태로 한참을 있었다. 나는 엎드려서 생각했다. 앞으로 몇 번을 더 넘어져야 할까. 이렇게 텅 빈 몸으로 얼마를 더 견딜 수 있을까.

순간 환영인지 뱀 한 마리가 스르륵 내 앞을 스쳐갔다. 땅바닥을 기면서도 군더더기 하나 없는 동작으로 제 갈 곳을 여지없이 찾아 들어가는 그 거침없음. 다리도 없이 오직 몸통만으로 자신의 세계를 완벽하게 살아가는 그 모습이 언뜻 스쳐가는 것이었다.

뱀은 내게 속삭이는 듯했다. 서 있는 것이 그리 중요한 것은 아니라고, 앞으로 나아가는 것이 중요하다고.

그렇다. 그것이 내가 앞으로 살아가야 할 길이었다. 병이 나를 쓰러뜨릴 수는 있을 것이다. 그러나 그 병에 패배할 수는 없었다. 그러자면 약간의 용기가 필요하겠지.

나는 아내에게 다시 말했다.

"한 바퀴 마저 돌고 가자."

언젠가 책에서 고문 생존자의 증언을 읽은 적이 있다.

'고문은 상어에게 다리를 물어뜯기는 것이 아니라 수영장 바닥으로 서서히 가라앉는 것'이라고. 그래서 고문 기술자들은 고문의 효과를 높이기 위해 먼저 고문 도구를 보여주기도 한다는 것이다.

루게릭병이 잔인한 점이 바로 이 부분이다. 정확히 자신이 어떻게 죽어갈지를 안다는 점. '수영장 바닥에 가라앉듯' 서서히 자신의 죽음을 관망해야 한다는 점.

헬렌 켈러가 말했던가. 세상은 고통으로 가득하지만 한편 그것을 이겨내는 일로도 가득 차 있다고. 지금은 별다른 치료제가 없지만 획기적인 신약이 곧 개발될지도 모르는 일이다. 그러니 그때까지 버틸 것.

명예퇴직이 결정된 후 나는 한양대병원 난치성 질환 세포 치료센터 루게릭병 클리닉에서 진행하는 임상실험에 참여하기로 했다. 병원에서 개발 중인 약물을 주사 맞고 한 달에 한 번 경과를 살펴보는 일이었다.

부산에서 서울까지는 너무도 먼 길이었다.

아내는 행여 내가 넘어질까 벽에 바짝 붙여 세워놓고 택시를 불렀다. 부축을 받으며 간신히 택시를 탔다고 해서 끝이 아니었다. 지하철역에서는 그 많은 계단을 내려가기 위해 휠체어 서비스를 받아야 했다. 도우미 신청을 하러 간 아내가 올 때까지 나는 스티커처럼 벽에 등을 붙이고 기다렸다. 자기 몸을 자기 의지대로 움직일 수 있다는 것이 얼마나 큰 축복인지 저 행인들은 감히 생각해본 적이 없을 것이다.

지하철을 내려서도 마찬가지였다. 휠체어 서비스를 불러 다시 계단을 오르고, 휠체어를 반납한 뒤 기차를 기다렸다. 다리가 자유롭지 않아서 KTX 열차의 계단을 몇 개 오르는 것조차 내게는 엄청난 도전이었다. 아내가 뒤에서 등을 밀어주면 간신히 한 계단씩 오를 수 있었다.

한번은 서울역에 도착해서 KTX 계단을 내려오다 다리에 힘이 빠져 꼬꾸라진 일도 있었다. 한 공익 광고의 포스터처럼 이 세상의 높고 낮은 계단이 내겐 모두 에베레스트 산을 오르는 일만 같았다.

그렇게 힘들게 서울과 부산을 오갈 수 있었던 것은 지푸라기라도 잡고 싶은 절박한 심정 때문이었다. 유명하다는 한의원에서 한방 치료도 받았고, 항산화 기능이 있는 비타민 E가 루게릭병 치료에 도움이 된다고 해서 비싼 돈을 주고 사다 먹기도 했다. 그러나 지금 생각해봐도 모 명상센터에서 겪은 일은 참 어처구니없다.

난치병에 걸린 것을 어떻게 알았는지 여기저기 용하다는 곳에서 전화가 왔다. 그중에 그 명상센터라는 데도 있었다. 모든 사람에겐 근원의 마음이 있는데 이것이 곧 '빛'이고, 명상을 통해 이 빛을 치유의 에너지로 활용할 수 있다는 논리였다. 그 이야기에 끌려 팔공산 자락까지 찾아갔다. 전직 대통령이 금호호텔 특실에서 이 치료를 받고 지팡이를 짚지 않게 되었다는 이야기도 그럴듯하게 들렸다.

나비의 작은 날갯짓이 거대한 돌풍을 일으키듯, 조금 황당해 보이는 이 방법이 작은 희망의 신호가 될 수도 있다는 생각에 나는 고도의 집중력으로 밝은 빛이 나의 뇌를 비추는 모습을 상상했다.

"지금 여기 가장 순수하고 가장 강력한 우주의 에너지가 있습니다. 그 에너지가 빛이 됩니다. 그 빛이 사방에서 반짝입니다.

자, 당신은 이제 당신의 머리에 그 빛이 떠 있다고 상상해 봅니다. 가장 강력하고 모든 것을 변화시키는 아름다운 빛. 그 빛을 느껴보세요."

그 빛이 굳어가는 다리와 팔과 혀 그리고 신경계인 척수를 비춘다고 상상하자 정말 몸이 따스해지면서 힘이 솟아나는 것 같았다. 잠시 통증이 멈추며 마치 내 몸이 유체 이탈해 우주를 훨훨 날아가는 기분이었다. 그렇게 명상을 마칠 때쯤 빛의 증거인 듯한 금가루가 신기하게도 내 손에 묻어 있는 것이 아닌가!

그날 저녁, 안방 침대에 누워 있는데 갑자기 근육이 툭툭 불거지더니 쥐가 나듯 양다리가 덜덜 떨렸다. 사레 걸린 듯 기침도 나기 시작했다. 나는 어깨를 들썩이며, 무릎을 번쩍 들었다 내리며, 한참이나 기침을 해댔다. 입술이 다 덜덜 떨릴 지경이었다. 기침이 멈추자 비로소 유체 이탈한 영혼이 돌아오듯 정신이 맑아지는 것이었다.

그래, 이 병이 그런 거였지. 지속적으로 근육이 떨리면서 근육세포가 소멸히는 병.

오늘 또 얼마만큼의 근육이 소실된 걸까. 정녕 이 고통은 죽음으로써만 벗어날 수 있는 걸까. 수수깡처럼 말라가는 다리를 보며 이제 곧 걷지도 못할 내 모습을 상상해보았다. 그런데 지금 내가 무슨 짓을 하고 있는 거지?

이곳저곳 용하다는 곳을 찾아다니며 시간과 돈을 허비하는 동안 몸이 더 나빠진 것이 분명했다. 이제 의학적으로 검증되지 않은 치료법은 찾아다니지 말아야겠다는 생각이 들었다. 병을 낫게 해주는 자비로운 신이 있다면 애초에 내게 이런 병을 주지도 않았을 테니까.

슬프게도 내 손바닥엔 헛된 희망처럼 아직까지 금가루가 반짝이고 있었다.

아침이 오기를 기다리는 사람

아내가 웅크리고 앉아 내 발톱을 깎았다. 그 모습이 안으로 속울음을 삼키고 있는 슬픈 짐승 같았다. 발톱 하나가 똑소리를 내며 튕겨나갔다. 근육은 매일 한 움큼씩 소실되는데 어디서 나온 기운인지 무력한 육체를 뚫고 손톱과 발톱, 머리카락과 수염은 매일 무럭무럭 자라났다. 신기할 지경이었다.

신혼 초부터 아내가 직장생활을 했기 때문에 넥타이를 고르거나 양말을 찾아 신는 등 소소한 일들은 스스로 해결하는 데 익숙한 편이었다. 그런데 이제는 아내의 도움 없이는 먹지도, 입지도, 머리를 감지도 못한다. 아내를 행복하게 해주기는커녕 오히려 짐이 되어가고 있는 현실이 미안했다.

그런 마음을 읽었는지 어느 날 밤, 아내가 뜬금없이 내 머리를 쓸어 넘겨주며 말했다.

"여보, 아프더라도 오래 같이 있었으면 좋겠어."

아내는 사방으로 튄 발톱들을 손으로 쓸어 담은 뒤 신문지에 싸서 휴지통에 버렸다. 그리고 태블릿 PC를 챙겨들었다. 명예퇴직 후 아내와 나는 카페로 출근했다. 두 손과 두 다리마저 움직이기 어려워 내가 말하면 아내가 받아 적는 식으로 소설 작업을 이어가고 있었다.

내가 생각했던 죽음이란 아래로 서서히 꺼지는 것이었다. 만유인력의 법칙처럼 아래로 당겨져 종국엔 땅 밑으로 들어가는 것. 그런데 지금 내가 경험하고 있는 죽음은 발에서 가슴으로, 손에서 가슴으로 그렇게 중심으로 파고들었다. 죽음이 이제 입까지 올라온 모양이었다. 음식을 먹을 때도 자주 흘리고, 딱딱한 것은 씹어 삼키기 어려웠다. 혀의 움직임이 둔해져 발음도 불명확해졌다.

그나마 아내는 내 말을 잘 알아듣는 편이었다. 이야기가 잘 전달되지 않을 때면 글자판의 도움을 받기도 했다. 아내가 'ㅅ', 'ㄱ', 'ㄷ', 'ㅈ' 등이 적힌 글자판의 자음을 하나하나 짚었다. 쭉 짚다가 'ㅂ'에 이르면 내가 고개를 끄덕였다. 다시 아내가 모음을 하나하나 짚었다. 'ㅣ'에 이르면 내가 다시

고개를 끄덕였다. 그렇게 해서 '비원'이라는 단어를 완성했다. 문장이 길어지면 글자판을 수십 번 짚어가며 대화를 이어가야 했다. 단어와 단어 사이, 조사와 조사 사이 그토록 깊고 넓은 강물이 흐르고 있음을 예전엔 미처 몰랐다.

그래도 소설을 쓸 수 있어서 다행이었다. 이 세상에서 가장 행복한 사람은 어제의 일을 계속하기 위해 어서 아침이 오기를 기다리는 사람이라고 하던데, 그런 면에서 나는 행복한 사람이었다. 매일 그동안 구상해놓은 소설을 쓰느라 빠듯한 시간을 보내고 있었다. 그렇게 예닐곱 편을 완성했는데 책으로 묶기에는 아직 부족한 분량이어서 마음이 바빴다.

우리의 단골 카페는 부산 KBS 뒤편에 숨어 있었다. 아는 사람만 찾아오는 조용한 카페였다. 입구에 들어서면 커피머신 돌아가는 소리와 함께 구수한 커피 향이 기분 좋게 감겨왔다. 비가 내리는 날이면 목재 가구 냄새와 커피 냄새가 낮게 떠다니며 묘한 향취를 불러일으켰다.

우리의 사정을 알 리 없겠지만 눈치 빠른 카페 주인은 한적하고 조용한 자리로 우리를 안내해주었다. 창밖에는 만지면 닿을 듯한 거리에 단풍나무가 바람에 흔들렸고, 잔디와 조그만 둔덕이 펼쳐져 있었다. 우리는 지정석처럼 그곳에 앉아서 저녁까지 작업을 했다. 때로는 소설을 쓰다가, 때로는 지난 추억을 반추하며 그렇게 시간을 보냈다.

　그 무렵 나는 〈비원〉이라는 단편소설을 쓰고 있었다.

　창덕궁 후원인 비원은 꼭 한번 가보고 싶은 곳이었다. 그래서 아내와 한양대병원 임상실험에 참여한 뒤 일부러 그곳을 찾았고, 그때 구상한 소설이 〈비원〉이었다. 서울의 한 대학병원에서 우연히 만난 남녀가 루게릭이라는 동일한 병을 앓고 있음을 알고 서로의 사연을 나누며 비원을 산책하는 줄거리다. 내 자전적 소설이기도 했다.

　조금만 말해도 목이 마르고 입술이 타들어갔다. 최대한 정확하게 발음하려고 온 힘을 다해, 연필심을 침으로 묻혀 꾹꾹 눌러쓰듯 그렇게 한 마디 한 마디 힘주어 말하다 보니 땀이 나고 쉬 피곤해졌다. 발음에 신경을 쓰느라 섬광처럼 번득이며 지나가는 좋은 표현들을 놓치는 것도 안타까웠다. 그러다 보니 하루에 A4 한 장 정도도 진도를 내기가 힘들었다.

　서로가 같은 병에 걸린 것을 알게 된 남자와 여자가 대화하는 장면을 구술할 때였다.

　"……곧 양손 다 못 쓰게 되겠지요."

　그녀가 먼저 입을 열었다.

"다리의 힘도 빠져 걷지도 못할 거요."

그가 받았다.

"목도 가누지 못할 것이고 드디어 침대에 드러눕겠죠. 몸은 미라처럼 말라가고……."

"음식도 삼킬 수 없게 되고……."

"숨 쉬기도 힘들어지고……."

"목에 구멍을 뚫고…… 호스를 꽂아 죽을 밀어 넣어주면……."

"그 죽으로 연명을 하며…… 말을 할 수도 없고……."

"외계인처럼 호흡기를 달고……."

"두 눈만 깜박이며 육체의 감옥에 갇혀……."

"가족의 끝없는 짐이 되어……."

열심히 타이핑하던 아내가 불현듯 나를 쳐다보았다. 당신, 아직도 그런 생각하느냐는 물음이 담긴 눈빛이었다. 나는 희미하게 고개를 가로저었다.

예전엔 산다는 게 뭔가 큰 의미가 있다고 생각했는데 이제는 그냥 담담한 편이다. 인간의 삶이나 동물의 생이나 이세상 잠깐 머물다 가는 것. 하늘이 부르면 가는 것이 세상의이치 아니겠는가.

소설 속의 두 남녀는 기약 없는 작별 인사를 한다. "살아남아요." 남자가 말하자 여자도 짧게 답한다. "그럴게요, 당신도……" 소설은 이렇게 끝맺을 생각이었다. 평론가 박형준은 소설 〈비원秘苑〉을 읽고 '비원悲願'을 생각했다고 어느 평문에서 밝히기도 했다. 맞는 말이다. 모든 루게릭병 환자들이 그런 슬픈 소원을 간직하고 있지 않겠는가.

갑자기 가슴이 먹먹해졌다. 창밖으로 펼쳐진 저 부드러운 잔디를 간절히 밟아보고 싶었고, 우두둑 뼈 맞춰지는 소리가 들리도록 오래오래 기지개도 켜보고 싶었다. 누군가와 만났을 때 힘차게 팔을 흔들며 오래 악수도 나누고 싶었다. 하지만 난 알고 있었다. 몸이 옥죄어오는 유배지 같은 이 황량한 들판에서 난 오래오래 외로울 거라는 것을.

그나마 다행이라면, 이 병은 일정 정도까지 진행되다가 멈출 확률이 15퍼센트가량 된다고 한다. 그 상태만이라도 유지한다면 나름 살아갈 수 있을 것 같았다. 몸을 마음대로 움직일 수 없는 대신 생각을 더 많이 숙성시킬 수 있을 것이고, 원고를 빨리 쓰지 못하는 대신 더 응축된 글을 쓸 수 있을 것이다.

영양 상태가 좋지 않은 감나무가 스스로 감을 떨어뜨려 그것을 자양분으로 삼듯, 그동안 쓸데없는 일에 기운을 쏟은 근육들을 버리고 오롯이 '영혼의 근육' 만들기에만 몰두

하면 된다. 지금 내 신경은 오로지 소설을 쓰기 위한 신경 작용이다.

루게릭병이 내 몸에서 근육을 모두 앗아가도 절대 빼앗아가지 못하는 것이 있다. 그것은 바로 정신이다. 신이 내게 정신과 육체 중 하나만 선택하라고 한다면, 나는 조금도 망설임 없이 정신을 선택할 것이다. 내 정신이 곧 내 소설이고, 소설을 쓸 때 비로소 내가 존재하는 의미가 있기 때문이다.

내 소설도 그런 힘을 가졌으면 좋겠다. 내 작품이 세상 누군가의 영혼에 힘이 되고, 영혼의 근육이 되었으면 좋겠다.

내가 걸린 병 때문에 할 수 '없는' 일들로 괴로워하기보다는 지금이라도 할 수 '있는' 일들을 시도해보자고 나 자신을 다독였다. 말문이 막히기 전에 좋아하는 사람들과 더 많이 대화하고, 아직 몸을 움직일 수 있을 때 가족과 추억도 더욱 많이 만들자고. 세 번째 소설집도 내고, 지금까지 쓴 작가론과 평론을 모아 평론집도 내고, 그리고 오랫동안 구상해온, 일제강점기를 배경으로 한 장편소설도 완성해보자고.

죽음에 저항하며 동시에 죽음을 긍정하는 삶.

난 아직 죽은 게 아니다.

몸이 굳어가는 것보다는 굳어가는 몸 때문에 소설을 쓸 수 없는 게 나는 더 괴로웠다. 연하(삼킴) 장애가 심해지고 발음이 더 어눌해지면서 아내가 내 말을 받아서 타이핑하는 작업도 점점 힘들어졌다. 그 무렵 부산소설가협회 옥태권 회장에게서 연락이 왔다. 나를 위한 아이스버킷을 준비했다는 것이다. 후원금도 모금할 계획이라고, 괜찮으면 그때 얼굴을 볼 수 있겠냐고 물었다.

2014년 여름. 하루가 멀다 하고 SNS에서 사람들이 얼음물을 뒤집어쓰는 모습을 볼 수 있었다. 연예인도 있고, 정치인도 있었다. 루게릭병 환자를 위한 기금 마련 이벤트라고 했다. 얼음물을 뒤집어쓰는 것이 재미있고 자극적이어서인지 그해 여름 내내 아이스버킷 챌린지가 열풍처럼 번졌다.

미국에서 시작되었다는 이 이벤트는 한국에 상륙해서도 열기가 식을 줄을 몰랐다. 지명된 한 사람이 얼음물을 뒤집어쓴 후 세 명을 지명하면, 다시 그 사람들이 얼음물을 뒤집어쓰거나, 100달러를 ALS 단체에 기부하는 식이다. 미국 대통령 오바마를 비롯하여 빌 게이츠, 마크 주커버그 등 거물들이 동참해 더욱 관심을 끌었다. 우리나라에서도 메이저리거 류현진, 배우 조인성 등이 얼음물 세례를 받았으며, 최연소 농구 코치로 발탁됐지만 루게릭병에 걸려 투병 중인 박승일 코치도 동참했다.

이런 열풍 속에 그해 9월 부산소설가협회에서 나를 위한 아이스버킷 챌린지를 열었다. 옥태권 회장이 아이스버킷 챌린지 도전자로 지목되면서 일은 시작되었다. 옥 회장 혼자 미션을 수행하기보다는 부산의 문인들이 참여할 수 있는 후원 행사로 진행하는 게 좋겠다는 쪽으로 의견이 모아지며 함께하겠다는 동료들이 늘었다. 부산 지역 소설가뿐만 아니라 시인 등 문인들도 가세해 참가자만 30여 명에 이르렀다.

해그림자기 길어지는 오후 6시쯤이었다. 부산 중앙동 40계단 아래 문인들이 하나둘 모여들었다. 그날 나는 휠체어를 타고 동료의 도움을 받아 그 자리에 참석했다. 얼마 전까지만 해도 부축을 받긴 했지만 걸을 수 있었고 대화도 나눌 수 있었는데, 이제 내 발음을 사람들이 알아들을 수 없을 정도였다. 몹시 반가웠지만, 할 말이 무척 많았지만, 그즈음 내 입에서 나오는 소리는 자음과 모음이 해체된 하울링 같은 울림이었다. 나는 고맙다는 말 대신 그저 미소만 지었다.

먼저 옥 회장이 얼음물을 뒤집어쓰면서 큰 소리로 외쳤다.

"정태규! 벌떡 일어나서 걸어라, 뛰어라!"

그의 목소리가 40계단에 쩌렁쩌렁 울려 퍼졌다. 이어 다른 동료 세 명이 차례로 계단에 앉았다. 세 명의 머리 위에 얼음물이 와르르 쏟아졌다. 그런 동료들의 모습을 지켜보노라니 웃음보다는 지난 시간들이 떠올랐다. 각종 문학 행사를 기획하고 준비하던 일, 행사가 끝나고 밤늦게까지 술잔을 기울이며 나눴던 그 많은 대화, 2차로 간 노래방에서 목청껏 불렀던 그 아름다운 노래들…….

소매 밖으로 나온 그들의 팔뚝이 눈물 나도록 아름다웠고, 불거진 힘줄과 근육이 질투 날 정도로 부러웠다. 얼마 전까지 내 삶도 저들과 다르지 않았는데…….

사람들은 모를 것이다. 카페 구석에 앉아서 시시껄렁한 잡담을 나누는 일, 아이들이 무심코 던진 공을 주워 다시 던져주는 일, 거실 천장의 전구를 가는 일, 자전거 페달을 신나게 밟는 일……. 그토록 사소하고 대수롭지 않은 일들을 사무치게 그리워하는 삶도 있다는 것을.

계단에 흩어져 있는 얼음 조각들을 보자 스멀스멀 한기가 느껴졌다.

안구 마우스는 기도에 대한 응답처럼 내게 왔다.

그날 후원금이 꽤 모여서 고가라 감히 엄두를 내지 못했던 안구 마우스를 구입할 수 있었다. 하루의 대부분을 휠체어에 앉아 지내야 했던 그즈음 구술도 점점 힘들어졌다. 글자판을 이용해 대화를 시도했지만 한 문장을 전달하는 데 10분 넘게 걸릴 때도 있었다. 그런데 안구의 움직임과 눈 깜박임만으로 컴퓨터 자판 입력은 물론, 텍스트 복사와 붙여넣기, 화면 스크롤과 확대가 가능하다니!

내게는 안구 마우스가 세상과 소통하는 유일한 수단이자 희망이었다. 나는 서슴없이 이 안구 마우스를 인류 역사상 가장 위대한 발명품이라고 소개하고는 했다.

안구 마우스는 그래피티 작가인 믹 에블링Mick Ebeling이 루게릭병으로 전신마비 장애를 갖게 된 동료 작가를 위해 '아이라이터eye writer'라는 장치를 개발한 것이 시초가 됐다. 나는 매일 아침 마사지를 받고, 안구 마우스로 자판을 익혔다. 처음엔 카톡으로 간단한 문장을 보내는 정도였지만, 글자판만 익힌다면 손으로 타이핑하는 것과 비슷한 속도로 글자를 입력할 수 있을 것 같았다.

지지대에 고정시킨 모니터의 인터넷 익스플로러 아이콘을 응시하고 눈을 깜박이자 인터넷이 열렸다. 신세계가 열리는 것을 지켜보는 심정이 이럴까. 그 후로 하루가 지루한 줄 모르고 신세계에 흠뻑 빠져 지냈다. 안구 마우스로 나는 새롭게 세상과 조우했다. 음악, 영화, 카톡, 쇼핑, 심지어 바둑까지.

무엇보다 기쁜 일은 신간을 읽을 수 있다는 것이었다. 문인들이 책을 보내오면 나는 다시 PDF로 된 편집본 파일을 요청한다. 그것을 다운로드해 원고지 1000매 이상 되는 장편소설도 독파할 수 있게 되었다. 생의 막다른 골목에서 만난 '아이 터치'로 나는 다시 세상과 소통할 수 있게 되었고, 새로운 소설 쓰기도 가능해졌다.

아이스버킷 챌린지 이야기가 신문과 방송에 소개되면서 부쩍 인터뷰 요청이 많이 들어왔다. 그들이 주로 묻는 질문 중 하나가 '당신에게 글쓰기란 과연 무슨 의미인가'라는 것이었다. 그런 질문을 받을 때마다 나는 좀 어눌하게 대답했다. 소설 쓰기는 제법 진지한 혼자 놀기이며 궁극적으로 나의 존재 증명이라고. '살아 있는 느낌'이며 아픔과 슬픔, 기뼘 등을 교감하는 일이라고.

이제 소원대로 난 전업 작가가 됐다. 하루 종일 집에 박혀 있는 내게 이제 남는 것은 시간뿐이다. 그러니 글쓰기에 매진할 수밖에.

청마 유치환의 〈바위〉라는 시가 새삼 와닿는다.

안으로 안으로만 채찍질하여
드디어 생명도 망각하고
……(중략)……
두 쪽으로 깨뜨려져도
소리하지 않는 바위가 되리라

그렇게 바위가 되어 안으로 안으로 나 자신을 다잡으며 소설에 매진하겠으니 내 몸에 깃든 병이여, 너무 서둘지 말라. 들숲의 명아주풀도 보고, 산들바람에 이마도 식히면서 쉬엄쉬엄 오기를…….

양떼구름이 보이는 풍경, 2015, Acrylic on Canvas, 65×100cm

세상에서 가장 슬픈 출판기념회와 '감성적인 야수'를 위한 특별한 토론회

2012년 말에 내 병은 점차 세간에 알려지기 시작했다.

나 스스로 내 병에 대해 공개적으로 밝힌 건 이듬해 2월, 첫 산문집《꿈을 굽다》출판기념회 자리에서였다. 그날 부산의 양대 일간지 문화부 기자를 비롯해 내로라하는 문인 70여 명이 모였다. 이 자리에서 나는 이미 마이크를 들 힘조차 없어 남이 들어주는 마이크로 병의 심각성을 알렸다. 대부분 믿지 못하겠다는 반응이었다.

그날 난 내 행사임에도 술자리에 참석하지 못하고 가족과 먼저 귀가했다. 몸이 아픈 것보다 그 사실이 더 슬펐다.

미국에서 흥미로운 연구 실험을 한 적이 있다.

7,000명을 대상으로 9년간 추적 조사를 한 결과, 놀랍게도 친구가 적을수록 쉽게 병에 걸리고 단명했으며, 친구가 많을수록 오래 사는 것으로 밝혀졌다. 내가 희귀난치성 중병에 걸렸어도 오늘까지 살아 숨을 쉴 수 있는 것은 아마도 가족과 친구들 덕분일 것이다.

그중 부산작가회의와 부산소설가협회 동료 선후배들은 내 문학의 원천이다. 내가 학교 선생을 병행하면서도 문학의 끈을 놓지 않게 해준 것도 그들이며, 병상에 누웠을 때 아이스버킷 챌린지로 후원금을 마련해 안구 마우스를 구매할 수 있게 도와준 것도 그들이다. 이 외로운 병상에서 그들이 아니었다면 감히 제2의 작가의 길을 걷겠다고 마음먹을 수 있었을까.

그런데 그들이 나를 위해 또 하나의 특별한 토론회를 준비했다. 부산작가회의가 주최하는 2014년 요산문학축전의 '시민과 함께하는 문학 톡talk! 톡talk!' 행사에 나를 초청한 것이다.

지금까지 내가 작품으로 보여줬던 세계관, 예술관, 작품의 미적 구조 등에 대해 패널들이 토론하고 독자들의 질문도 받는 행사였다. 특히 내 작품 〈누가 용을 보았는가〉를 무대에 올리는, 내게는 뜻깊은 자리였다. 아울러 첫 번째 소설집의 개정판《청학에서 세석까지》와 첫 평론집《시간의 향기》출간을 축하하며, 곧 나올 세 번째 소설집《편지》의 출간도 미리 축하하는 자리였다. 10년 동안 소설집 한 권을 겨우 펴낸 것에 비하면 투병 기간의 성과치고는 꽤 묵직하다는 생각도 들었다.

가을비가 추적추적 내리는 쌀쌀한 날씨였지만 저녁 7시가 되자 부산 민주공원 소극장 객석이 어느새 가득 차기 시작했다. 나는 이미 휠체어를 타지 않고는 한 발짝도 이동할 수 없었다. 사실 앉아 있기도 힘들었다. 그러나 끝까지 자리를 지키고 싶었다. 친구들이 나를 위해 마련한 자리가 아니던가. 연체동물처럼 목을 가누지 못하는 나를 위해 아내와 지인들이 몇 번이나 이쪽저쪽으로 머리 각도를 돌려주었다.

드디어 무대에 강동수 소설가와 정인 소설가 그리고 전성욱 문학평론가가 올라왔다. 모두 10~20년간 우정을 이어온 이들이다. 무대에 오른 그들을 보자 새삼 가슴이 뜨거워졌다. 그들과 함께한 세월이 주마등처럼 빠르게 지나갔다. 먼저 강 소설가가 마이크를 들었다.

"정 선배를 안 것이 한 23년쯤 됐을 겁니다. 국제신문 문학기자 시절 저도 문학에 꿈이 있었는데요, 정 선배의 소설을 보자 한번 만나보고 싶은 거예요. 그래서 제가 전화를 했죠. 그렇게 죽이 잘 맞는 사람은 처음이었어요. 우리는 시간 가는 줄도 모르고 술을 마시다가 급기야 뽀뽀를 해버렸어요. 그날 이후 전 술에 취하면 뽀뽀하는 못된 버릇이 생겼습니다."

그 시절이 떠오르며 내 얼굴에 미소가 번졌다. 그렇게 인연이 된 강 소설가와는 부부 동반 모임을 꾸릴 정도로 좋은 만남을 이어가고 있다.

정인 소설가와는 부산소설가협회에서 운영하던 소설학당에 그가 소설을 배우러 온 것이 인연이 됐다.

"소설 수업시간에 어찌나 내 작품을 혹평하던지, 내가 잘못 왔나 하는 생각이 들 정도였어요. 그런데 뒤풀이에서 한결 누그러진 목소리로 말하는 거예요. 잘 고쳐보라고. 그 말이 '엄청난 칭찬'이라고 옆에 계신 분이 대신 말해주더군요. 하늘 높은 대선배인 줄만 알았는데 나중에 알고 보니 저랑 나이가 같은 거예요. 촌수를 따져보니 제가 할머니뻘 되더라구요. 그 후로 한동안 절 할매라 부르더군요."

관객들은 다시 한 번 웃음을 터트렸다.

전성욱 문학평론가는 내 단편소설 〈길 위에서〉를 처음 읽었을 때, 이 소설가가 〈집이 있는 풍경〉을 쓴 그 사람과 동일 인물인가 하는 생각이 들었다고 했다. 그만큼 문학세계에 큰 변화를 느꼈다는 것이다. 10년간 활동하지 않은 것이 아니라 마음속으로 줄곧 소설은 써왔구나 짐작했다고 그는 덧붙였다.

이어서 나에 대한 추억이 담긴 영상이 상영되었다. 조갑상 소설가는 "작가들이 뽑아서 주는 제1회 부산소설문학상을 받은 정 작가에게 질투를 느꼈다"고 토로했고, 동길산 시인은 "허허실실 같지만 속이 꽉 찬 사람"이라며 과찬을 했다. 이미욱 소설가는 나를 "감성적인 야수"라고 표현했는데 그 말에 나도 모르게 웃음이 나왔다.

감성적인 야수라니. 겉으로는 부드러운데 소설에 대한 열정만큼은 야성적이라는 의미로 받아들이고 싶었다. 그것은 병상에 누워 있는 지금도 마찬가지다. 서 있거나 누워 있거나, 내 존재의 형태가 부드럽거나 딱딱한 상태로 바뀔 수는 있지만 문학에 대한 열정만큼은 사실 변한 것이 없다.

영상에 나오는 내 모습은 나조차도 낯설었다. 부산작가회의 회장을 3년 내리 역임한 소회를 말하고 있었는데, 휠체어에 앉아 거죽만 남은 얼굴로 귀에 연결한 마이크에 대고 열심히 말하고 있는 모습이 무척이나 안쓰러워 보였다. 비로소 내가 투병 중인 환자라는 사실을 실감했다.

나는 그들과 더는 토론을 할 수도, 소설 수업을 할 수도 없었다. 목소리마저 잃어가고 있어서 자막을 달아주지 않으면 전혀 알아들을 수 없을 정도로 발음이 뭉개졌다. 문득 두려움이 엄습해왔다. 동시대를 살면서도 나만 차원이 다른 감옥에 유배된 듯한 기분이었다. 그 감옥은 무저갱처럼 깊이를 알 수 없는 어둠 같았다. 나는 혼백으로만 떠도는 사람처럼 그들 옆에 있으면서도, 같이 웃음을 터트리면서도, 끝도 모를 외로움에 혼자 몸을 떨었다.

그날 행사는 내 소설을 연극 무대에 올린 〈누가 용을 보았는가〉를 끝으로 막을 내렸다. 극장 밖으로 나오자 젖은 낙엽 냄새가 콧속을 파고들었다. 내년 이 시간을 과연 기약할 수 있을지……. 공원 둔덕 사이로 비에 젖은 오솔길이 굽이굽이 흘러가고 있었다.

그렇다. 삶이란 어차피 저마다 고통의 몫을 짊어지고 가는 좁은 오솔길이 아니던가. 명부에 내 육신은 없을 것이다. 굽이굽이 살아온 나의 오솔길만이 적혀 있을 뿐. 망가진 육신을 원망하기보다는 내가 가야 할 길을 긍정하면서 묵묵히 걸어갈 일이다. 길이 길을 안내할 때까지.

곧 낙엽이 다 지고 찬바람이 불겠지만 그걸 누가 막을 수 있을까. 그래도 삶에 대해 스스로 강퍅해지지 않기로 했다. 겨울이 지나면 곧 새봄이 올 테니까.

세 번째 소설집 《편지》가 나왔을 때였다.

안개비가 내리던 날, 여성 소설가 다섯 명이 우리 집에 안개꽃과 케이크를 들고 조촐한 축하 파티를 하러 찾아왔다. 세 번째 소설집을 기념하기 위한 초 세 개도 잊지 않았다. 평소 친하게 지내던 후배 소설가들이다. 그녀들은 병문안을 자주 왔다. 나는 얼른 안구 마우스로 자판을 두드렸다.

— 어서 오이라

그러자 잠시 당황하는 듯하던 그녀들이 까르르 웃었다. 내가 글자를 입력하면 내 컴퓨터가 멋진 남자 아나운서 목소리로 변환해서 소리를 냈다. 분위기는 금세 유쾌해졌다. 안구 마우스 덕분이었다.

나는 땀을 뻘뻘 흘리며 눈을 껌벅였다. 글자가 목소리로 변환되기까지 시간이 걸리니 순발력 있게 대화에 참여할 수 없었다. 내 질문은 늘 대화 중간에 생뚱맞게 말머리를 자르는 식으로 끼어들어, 그 엉뚱함이 폭소를 자아내고는 했다. 더욱이 지나치게 무게감 있는 성우의 목소리가 신중하다 못해 우스꽝스럽기까지 했다.

그날따라 예고도 없이 고등학교 동기인 환우와 명관도 병문안을 왔다. 명관이라는 친구는 우리 동기 중에 명물이다. 입담 좋고 넉살 좋아 어떤 자리에서건 좌중을 웃겨서 자지러지게 만드는 재주가 있다. 게다가 노래 솜씨도 뛰어나다. 녀석은 처음 보는 여성 소설가들이 어색할 법도 하건만 전혀 개의치 않고 물 만난 고기마냥 예의 그 재주를 발휘해 그날 자리를 웃음의 도가니로 몰아넣었다.

소설가 N은 그날 있었던 일을 소재로 국제신문에 칼럼을 썼는데 내용을 소개한다.

애이불상 애이불비 哀而不傷 哀而不悲

연조에 특별한 '편지'를 받았다. 몸이 점점 옥죄어오고 유배의 황량한 들판에 서서 오래 외로울 것이라는 작가의 말을 품은 '편지'는 애잔하고 가슴 저미는 소설과 쿡쿡 웃음이 터져 나오는 콩트가 실린 정태규 소설가의 세 번째 소설집이었다. 우리를 울리고 웃긴 '편지'를 보낸 그를 방문하기로 한 날 안 개비가 내렸다. 여자 소설가 다섯 명이 만나기로 한 약속 장소에 도착하자 안개처럼 내리던 비가 잠시 걷히는가 싶었는 데 저만치 환한 안개꽃을 들고 소설가가 달려왔다. 케이크를 사고 세 개의 초를 곁들였다. 이로써 '편지' 발간 축하를 위한 준비를 마쳤다.

"어서 오이라." 우리를 맞은 정 회장님(부산작가회의 회장이었던 그를 우리는 아직도 회장님이라 부른다)은 손도 까딱 안 하고 입술 한번 달싹이지 않고 마술을 부리듯 멋진 남자 아나운서의 목소리로 우리를 반겼다. 정 회장님 특유의 인사말에 우리는 까르르 웃었고 분위기는 금세 유쾌해졌다. 루게릭으로 투병 중인 정 회장님과 세상을 연결하는 탯줄 같은 안구 마우스 덕분이었다. 우리 대화의 중간중간 '○○야 두 번째 소설집 나올 때 안 됐냐, ○○야 대학원 마쳤냐, ○○는 깨 쏟아지냐'라며 일일이 우리들의 근황을 물으시는 정 회장님의 얼굴에 진땀이 흘렀다. 사람 좋아하고 우스갯소리 잘하던 그가 세상과 소통하기 위해 있는 힘을 다해 애쓰는 흔적이었다.

시집가는 날 등창 난다고 우리가 도착하고 얼마 지나 정 회장님 친구 두 분이 오셨다. 조용히 출판기념회 겸 위로의 시간을 갖고 싶었던 우리는 낭패다 싶은 마음을 표현 못한 채 그분들과 자리를 함께하게 됐는데 그날 웃느라 잃어버린 배꼽을 지금도 못 찾고 있다. 회장님의 친구분 중 한 분이 점잖게 소설가들을 만나 영광이라 하더니 느닷없이 노래를 시작했다. 소싯적에 진주에서 노래로 여학생들 좀 울렸다는 배바지의 그분 노래는 심상치 않았다. 그런데 감탄사가 나오려는 찰나 딱 두 소절로 노래를 끝내는 것이었다. 샹송인지 팝송인지조차 구별 못하고 듣고 있던 우리가 애가 타서 노래를 마치라고 채근했는데 두소절 씨가 아무렇지도 않게 이 정도면 여자 꼬시는 건 문제없다면서 더는 노래를 안 하는 것이었다. 독촉이 계속되자 그는 "사실은 가사를 몰라서 못 부른다"라고 말했다. 소설가 K의 노래가 답가로 이어졌다. 고음 처리가 약간 불안정했던 노래를 듣고 난 우리는 갸륵한 정성과 용기에 있는 힘껏 박수를 쳤는데 두소절 씨가 "꼭 노래 못하는 사람들이 끝까지 부른다"며 거침없는 발언을 해서 우리는 박장대소했다. 그 뒤에도 두소절 씨의 개그는 이어졌는데 웃느라 정신없는 와중에 L 소설가가 "아이고, 웃느라 소화 다 됐다"라는 말을 무심코 흘렸다. 쉴 틈도 없이 웃음보는 또 터졌고 배가 아파 죽을 지경이었다.

우리가 웃고 떠들고 하는 중간중간 멋진 아나운서 목소리
가 들려왔는데 그때의 상황과 전혀 맞지 않는 말이어서 우리
를 또 웃음의 도가니로 몰아넣었다. 우리가 정 회장님을 찾
을 때의 모습은 다른 날도 이와 그다지 다르지 않다. 먹지 못
하고 말하지 못하는 정 회장님을 앞에 두고 우리는 맘껏 웃고
떠들고 믹고 돌아온다. 그의 책 발간을 축하하기 위해 혹은
위로하기 위해 방문을 한다지만 축하받고 위로받는 건 그가
아니라 항상 우리다. 너무나 의연한 모습에 우리는 그가 환자
라는 사실을 종종 잊은 채 그렇게 유쾌한 시간을 보내고 돌아
온다.

"잘 가래이." 그가 문을 나서는 우리를 향해 인사했다. 눈
으로 하나하나 주워 화면 위에 진열하면 목소리로 변환되는
자음과 모음. 정 회장님이 진땀을 흘리며 만들어내는 지난한
작업의 결과이다. 그래서 소리가 되어 나오는 자음 모음 한
자 한 자가 농부의 쌀 한 톨 한 톨처럼 귀하게 여겨진다. 병색
을 드러내지 않고 여전히 천진하고 꿋꿋한 모습으로 소중한
곡식을 줍듯 자음 모음을 주워 곱게 진열하는 정 회장님의 고
된 작업은 지금도 계속되고 있다. 편지에 이어 일기를 쓰고
있기 때문이다. 그의 쌀가마에 담길 알찬 곡식 알맹이들은 광
해군의 유배 시절 그의 곁을 지켰던 시자가 화자인 중편소설

로 '적소일기'라고 한다. 유배의 황량한 들판에서 외로운 그가 거두어들일 수확의 결과가 자못 궁금하다. 애이불상 애이불비哀而不傷 哀而不悲. 슬프나 마음을 상하지 않으며 슬프나 비통하지 않고 아정한 편지에 이어 만인에게 공개될 그의 일기를 어서 읽고 싶다.

이들과 함께 웃고 떠들다 보니 마치 내 몸이 예전으로 돌아간 기분이었다.

내 병이 알려진 후 나는 많은 사람으로부터 위로와 병문안을 받았다. 병이 들기 전에는 솔직히 위로의 힘을 깨닫지 못했던 나다. 그들 덕분에 나는 지금까지 위로가 필요한 사람들을 얼마나 배려하며 살았나 하고 자신을 되돌아볼 수 있었다.

나를 기억해주는 이들이 있어서 오늘도 난 외롭지 않다. 친구는 넘어졌을 때 나를 일으켜주는 사람이 아니라 내 아픈 무릎을 털어주는 자인 것이다. 가령 김재홍(요아킴) 시인의 시처럼……. 김 시인은 내가 부산작가회의 회장을 지낼 때 사무국장으로 같이 고생했던 후배다. 그는 다른 후배들과 우리 집을 방문했을 때 나를 위한 위로의 자작시를 낭독했다.

지금은 침묵 중 - 정태규 소설가를 위하여

저는 세상에서 가장 운이 좋은 사람입니다.
— 헨리 루이스 게릭의 은퇴 연설 중에서

언제부턴가 몸이 언어에 순종하지 않았다

탁탁 튀는 힘줄이 하얀 원고지에서
푸른 서사로 변주될 때에도

유년의 뜰에서 매운 거리로
그리고 교단에서 꼭 놓지 말아야 할
생의 주제가 발견되었을 때도

늘 손아귀엔 힘이 도사리고 있었다

꽃이 피고 사람들이 웃음 지을 때에도
잎이 지고 이웃들이 슬퍼할 때에도

이를 읽어낼 기호들은 행간을 더듬으며

부지런히 활자화되어갔다

2,130경기를 연속으로 출장한
전설의 메이저리그 타자가 처음으로
한 시즌 2할대로 떨어졌을 때

비로소 몸의 한쪽이
침묵한다는 것을 알게 되었다

배트를 더 이상 휘두를 날카로움도
1루를 향해 질주할 전력도
모두가 빠져나간 그날

언어마저도 굳어간다는 것을 알게 되었다

서서히 잦아드는 몸의 고요
비원에 서서 우두커니
헝클어진 지천명의 실타래를 풀어본다

이제 그 침묵이 언어가 되고 시가 된다

#에필로그, 하나

절망하거나 내가 처한 현실에 대해 부정적으로 생각지 않을
것이다. 가능한 한 오랫동안 버텨낼 것이다. 차후에 그것이
찾아와도 묵묵히 받아들일 것이며, 그것이 내가 할 수 있는
전부다.

 - 김요아킴

루게릭 환자는 연하 기능이 떨어지면 위장에 호스를 연결하여 음식을 주입하는 위루술을 받는다. 그리고 호흡기 근육이 약화되면 목에 구멍을 뚫어 호흡기를 연결하는 기관절개술을 받는다. 이 기관절개술이 어쩌면 루게릭 환자의 마지막 수술인 셈인데, 이 수술을 받고 나면 그야말로 침대에 붙박이처럼 누워 24시간 누군가의 간병을 받아야만 된다. 배에는 위루관을 달고 목에는 호흡기를 꽂은 채 식물인간으로 누워만 있어야 하는 것이다.

나는 이미 연하 기능을 잃어 2014년 여름에 위루술을 받았다. 호흡 곤란 증세가 자주 찾아왔시만 병원에서도 기관절개술까지는 적극적으로 권하지 않았다. 내 병이 희귀난치성 질환이다 보니 나보고 결정하라는 의미였겠지만, 여기 저기 기계에 의지한 채 생명을 조금 더 연장하는 것이 무슨 의미가 있을까 싶어 답을 차일피일 미루고 있었다. 그러다 2015년 봄, 나는 심한 가슴 압박과 호흡 곤란으로 응급실에 실려 갔다.

숨이 넘어가자 아내는 내 허락이고 뭐고 먼저 수술부터 해달라고 요청했다. 의사들은 급하게 내 목을 열어 기관절개 응급 수술에 들어갔다. 기관절개술을 받고 중환자실에서 겪었던 일을 나는 나중에 〈갈증〉이라는 소설로 써서 발표했다.

중환자실에서 깨어나던 그때, 나는 처음으로 신을 원망했다. 차라리 깨어나지 못했더라면 좋았을 것을. 아픈 등과 얼음장처럼 차가워진 손발의 느낌으로 내가 아직 고통스럽게 살아 있음을 다시 한 번 확인했다. 신은 모든 걸 거두어 가 놓고 어쩌자고 통증만 남겨놓은 것일까? 통증뿐인 삶에도 어떤 의미가 있다는 것일까?

기관절개술로 최대 10년 정도 생명이 더 연장될는지는 모르겠다. 하지만 통증뿐인 삶을 다시 시작해야 된다는 사실이 아득하기만 했다.

보름 정도 입원 치료를 받고 집으로 돌아가던 날. 이제 휠체어에 의지해서도 외출할 수 없다는 사실을 깨닫고는 집으로 가기 전 우체국에 먼저 들르기로 했다. 퇴직금을 찾기 위해서였다. 주렁주렁 호스를 매단 채로 전동 침대에 누워 외출한다는 것은 거의 불가능할 것이었다. 혹시 급전이 필요할까 봐, 급한 대로 두 아들의 대학 수업료라도 미리 준비해 놓아야겠다는 생각이었다.

입원실 창문 너머로 볼 때와는 다르게 봄빛이 완연했다. 앰뷸런스 사이렌 소리가 울려 퍼지자 정체된 도로 위에 모세의 기적이 펼쳐졌다. 나는 급박하게 울려 퍼지는 그 소리를 들으며 내 운명의 비장함을 느꼈다. 뒤늦게 떨어지는 목련꽃잎이 마치 내 부고장 같았다. 문득 정태춘, 박은옥이 부른 〈다시 첫차를 기다리며〉라는 노래 가사가 떠올랐다. 이 노래만큼 내 심정을 대변해주는 것이 있을까.

버스 정류장에 서 있으마

막차는 생각보다 일찍 오니

눈물 같은 빗줄기가 어깨 위에

모든 걸 잃은 나의 발길 위에

사이렌 소리로 구급차 달려가고

⋯⋯(중략)⋯⋯

무너져 나 오늘 여기 무너지더라도

비참한 내 운명에 무릎 꿇더라도

……(후략)……

막차는 정말 생각보다 일찍 왔다. 내가 무병장수할 것이라고는 생각지 않았다. 언제고 죽을 것도 알고 있었다. 그러나 그 순간이 이렇게 빨리 올 줄은 몰랐다. 아니, 누구나 죽는다는 것을 알고 있었지만 나에게도 해당된다는 사실을 잊고 있었다. 그러나 죽음이란 그렇게 느닷없이 닥칠 수 있다는 것을, 한순간에 모든 걸 잃을 수도 있다는 것을, 그 봄날의 앰뷸런스 안에서 나는 깨달았다.

사이렌 소리를 울리며 앰뷸런스는 우체국 앞에 도착했다. 운명의 사내가 몸 여기저기에 호스를 꽂은 채 퇴직금을 찾으러 갔다. 나를 대신해서 아내가 예금을 찾으러 갔었지만 우체국장은 '본인이 와야 한다'는 말만 반복했다. 의사 소견서를 들고 갔을 때도 우체국장은 규정대로 할 수밖에 없다고 했다. 그래서 규정대로 앰뷸런스를 타고 내가 직접 퇴직금을 찾으러 온 것이다.

앰뷸런스를 주차시키자 우체국장이 직원 한 명과 함께 다가왔다. 조금은 큰 키의 우체국장은 선입견 때문인지 원칙주의자처럼 보였다. 직원은 휴대폰으로 동영상을 계속 촬영했다. 앰뷸런스 도착 모습, 앰뷸런스 안에 누워 있는 내 모습

등등.

우체국장이 아내에게 물었다.

"말씀을 하실 수 있나요?"

내 목에 꽂혀 있는 호흡기를 보고도 그런 소리를 하다니. 환자인 나에겐 내 돈을 찾는 것조차 낙타가 바늘귀를 통과하는 것처럼 어렵게 느껴졌다.

"들으실 순 있고요, 의사 표시도 할 수 있습니다."

우체국장은 호주머니에서 손수건을 꺼내 땀을 닦으며 말했다.

"돈을 찾으실 겁니까?"

옆에 있던 작은아들이 글자판을 들었다. 그리고 내 눈동자를 따라 글자를 만들어갔다.

— ㅈㅓㄴㅇㅐ ㄱㅊㅏ ㅈㅇㅏ ㅈㅜㅅㅔㅇㅛ

"전액 찾아주세요."

아들이 큰 소리로 문장을 읽었고, 나는 긍정의 뜻으로 눈을 다시 한 번 깜박했다. 어쩌면 이 생에서 내 육체로 마지막 본인 인증을 한 것인지도 모른다는 생각에 피식 웃음이 나왔다.

그 후로 나는 은행 거래뿐만 아니라 인감증명 한 장 떼는 것도 할 수 없었다. 서류상으로는 존재하지만 삶과 죽음의 회색 지대에 누워 있는 사람. 동적인 세상에서 내 모든 권리는 대리인인 아내의 몫이다. 아내에게 모든 것을 위임하고 나는 그저 아픔을 느낄 수 있는 권리만 누리고 있을 뿐이다.

그해 여름, 우리 가족은 서울로 이사하기로 결정했다. 아내는 서울에서 공부하는 두 아들과 살림을 합쳐야 한다고 강력하게 주장했다. 서둘러 부산 집을 처분하고 서울에 아파트를 마련했다. 이사는 10월 말로 정해졌다.

이사하기 전날 밤에 많은 사람이 우리 집을 방문했다. 문단 대선배들부터 친구들, 후배 작가들까지. 누군가는 꼭 나아서 돌아오라고 덕담을 했고, 목사님은 나를 위해 통성기도를 바쳤다. 신문사 논설위원으로 있는 친구가 내 관절 운동을 도와줬는데, 간병인 못지않게 솜씨가 좋아서 내가 안구 마우스로 한마디 했다.

— 학림아 서울 가자

좌중에 폭소가 터졌다.

이사하는 날은 부슬비가 내렸다. 사설 앰뷸런스에 내가 눕자 2년 동안 나를 정성껏 간병해준 문 선생이 먼저 울음을 터뜨렸다. 아내도 울고 나도 울었다. 대학 시절부터 40여 년을 살았던 정든 부산, 수많은 사람들을 뒤로하고 나는 그렇게 패잔병처럼 서울로 떠났다.

루게릭병을 앓으며 가장 두려웠던 것은 고립감이다.

세상과 나의 연결고리가 영영 끊어지고 말 거라는 것. 가족들도 지쳐갈 것이고, 지인들의 발길도 점차 뜸해질 거라는 것. 그렇게 난 내 깜깜한 육체에 갇힌 채로 영영 잊히고 말 거라는 것. 죽음도 궁극적으로는 내가 내 몸과 소통하지 못하는 것이 아니던가.

그래서 될 수 있으면 세상과 연결된 끈을 놓지 말자고 다짐했다. 그러던 차에 지인이 페이스북을 해보라고 권했다. 그런데 이것이 은근히 중독성이 있었다.

온갖 정보들이 실시간으로 올라오고, 글에 대한 반응이 곧바로 뜨는 것이 신기해서 댓글을 달고 읽다 보면 시간이 어떻게 가는 줄 몰랐다. 때로는 내가 환자라는 사실도 잊었다. 그곳에서 나는 루게릭 환자가 아니라 소설가 정태규였다. 소설가로서 나를 포기하지 않아도 됐고, 나 자신을 더는 불쌍히 여기지 않아도 됐다. 안구 마우스 덕분에 오히려 발병 전보다 더 넓게 소통할 수 있었다.

오래전에 썼던 단편소설 〈모범 작문〉을 페이스북에 여러 번 나눠서 연재했는데 예상 외로 반응이 뜨거웠다. 매회 '좋아요'가 300개를 훌쩍 넘었다. 말더듬이 산청댁이 나오는 부분에서는 "다, 다, 다음 편은, 어, 어, 어, 언제"라는 식으로 말더듬이 흉내를 낸 댓글들이 달렸다. 〈모범 작문〉이 실린 책을 구하고 싶다고도 했다. 이틀에 한 번씩 올리는 글을 더 빨리 올려달라고 재촉하는 이들도 있었다.

페이스북 친구들은 내가 루게릭 환자라는 사실을 몰랐다. 가까운 지인들 외에는 내가 안구 마우스를 이용해 글을 쓰고 댓글을 단다는 것을 모르고 있었다. 지금도 그렇지만 기관절개술 이후 난 종일 호흡기를 단 채 꼼짝도 못 하고 침대에서 누워 지낸다. 병원 중환자실에 누워 있는 환자를 연상하면 된다.

식사는 배에 연결된 특수 호스로 해결하고, 배변은 아들의 도움을 받는다. 전동 침대 옆에 지지대를 세워 모니터를 고정시키고, 그 모니터 밑에 안구 마우스를 달아 눈 깜박임으로 화면을 컨트롤하면서 글을 올린다.

페이스북 연재가 화제가 되면서 여기저기서 인터뷰 요청이 들어왔다. 나여경 소설가를 통해서 국제신문 박창희 기자도 이메일로 질문지를 보내왔다. 나는 꼬박 하루 동안 답변지를 작성해서 신문사에 보냈다.

— 요즘 페이스북에선 '정태규'가 화제입니다. 환자인지, 정상인인지 구분이 안 될 정도로 페북 활동이 활발합니다. 건강이 다소 좋아진 건가요?

"아이코, 그리 봐주시니 고맙습니다. 페북 활동이 화제가 될 줄은 예상 못 했네요. 이제 페북 경력이 6개월 다 되어가는데, 이게 은근히 중독성이 있어요. 전 한 가지 일에 흥미를 느끼면 몰두하는 스타일이라, 그냥 열심히 한 것 같네요. 건강 상태는 다들 다 아시다시피…… 하하. 이 병의 특성상 더 나빠질 것도, 더 나아질 것도 없는 상태입니다. 다만 가끔씩 내가 환자인 걸 잊을 때가 있을 만큼 적응했다고 할까, 그런 상태죠."

— 몸도 불편하신데 페북에는 어떻게 올렸습니까?

"안구 마우스라는 훌륭한 기계 덕분이죠. 인구의 움직임과 눈 깜박임을 통해 컴퓨터를 완벽하게 제어할 수 있어요. 감히 말씀드리건대 안구 마우스야말로 인류 역사상 가장 위대한 발명품입니다. 하하. 특히 우리 같은 장애인에겐 세상과 소통할 수 있는 유일한 수단이자 진정한 빛이요 희망이죠. 다만 제대로 기능하는 외국산 제품은 워낙 고가라서 환자들에게 부담이 되는 게 아쉬워요. 이런 건 장애인 복지 차원에서 지원이 되었으면 하는 바람입니다."

— 글 쓰시는 데는 지장이 없으신가요? 에피소드가 많을 듯합니다.

"속도가 늦다뿐이지 특별히 불편한 것은 없어요. 눈의 상태에 따라 안구 마우스가 잘 되는 날이 있고, 상대적으로 안 되는 날이 있어요. 내 하루의 기분을 이놈의 기계가 결정합니다. 나 원 참! 하하. 이 기계로 못하는 건 거의 없습니다. 음악, 영화, 휴대폰 문자, TV, 쇼핑, 심지어 바둑까지. 다만 종이책을 못 읽으니 답답해요."

— 페북을 열심히 하는 것이 투병 생활에 도움이 되는지요?

"페북에 빠지고부터 하루가 짧게 느껴집니다. 댓글 몇 개 달고 나면 하루가 지나가는 것 같아요. 페북을 하고 나서 외로움을 덜 타는 건 있어요. 이런 게 투병에 도움이 되리라 생각해요."

— 요즘 쓰고 있는 작품이 있는지요? 아니면 구상하는 거라도……

"흠, 이건 영업상 비밀인데ㅋㅋㅋ. 글을 쓰다가 페북에 재미 들리는 바람에 미루어놓은 게 있어요. 〈적소일기〉라고, 광해군에 관한 내용이죠. 연작 형태로 쓸 생각을 갖고 있어요. 다른 하나는 일제강점기 말 징병에 끌려간 세 친구가 근대사의 질곡을 건너오는 이야기를 장편으로 구상 중이죠. 내 생전에 이 두 작품만 완성할 수 있다면 더 바랄 게 없죠."

— '음악 평론'도 쓰신다고 들었는데, 무슨 계기가 있었는지요?

"흠, 이것도 영업 비밀인데, 하하. 거창한 음악 평론은 아니고요. 그럴 능력도 없고요. 정확히 말하면 '대중음악으로 읽는 역사 이야기'죠. 발병 후 주로 음악을 들으며 마음을 달랬는데, 노래의 뒷얘기를 조사하다 아이템을 얻었죠. 자료 조사는 거의 끝났고 집필 단계입니다."

나는 이 인터뷰 기사를 페이스북에 공유했다. 비로소 내 상태를 알게 된 많은 이들이 응원과 격려의 메시지를 주었다. 아무것도 모르고 좋은 글들을 거저 읽었다는 이, 눈으로 써내려간 소중한 글 한 줄 한 줄이 큰 위로가 된다는 이, 이렇게 밝은 에너지를 가진 분이 병마와 투병 중이라는 사실이 충격이라는 이, 열심히 단 댓글이 작가님의 혼신의 에너지를 빼앗는 일이었다는 것을 깨닫고 충격에서 헤어나지 못하고 있다는 이, 기도해주겠다는 이, 심지어 내가 희망이라는 이까지 있었다. 어떤 이는 종이책을 보지 못한다는 이야기를 듣고 전자책을 보내주기도 했다.

2016년 10월부터 12월까지 부산일보에 매주 '삶을 흔든 한 권'이라는 코너를 연재한 것도 페이스북 활동이 계기가 되었다. 이 새로운 관계망에서 나는 힘을 얻었다. 생명이란 소통을 통해서 확인되고 증폭되는 것이 아니던가.

헤밍웨이가 《노인과 바다》에서 한 말은 전적으로 옳다.

인간은 패배하도록 만들어지지 않았다.

기관절개술 이후 난 잎맥만 남기고 깨끗하게 갉아 먹힌 나뭇잎처럼 뼈만 앙상하게 남아 종일 침대에 누워 있는 신세가 됐다.

허리에는 위루관이, 목에는 구멍을 뚫어 연결한 호흡기의 호스가 늘어져 있다. 지지대에 고정시킨 모니터와 안구 마우스를 정면으로 마주하고, 여기저기 호스를 달고 누워 있는 내 모습은 마치 SF영화에 나오는 사이보그 같다.

근육이 사라지면서 손은 살얼음이 박힌 듯 시리고, 발도 동상에 걸린 듯 푸르딩딩하고 얼음장처럼 차가워 한여름에도 워머를 신어야 한다. 그래서인지 나는 따뜻한 체온이 좋다. 아내가 팔다리를 마사지해줄 때, 아들들이 내 손을 잡아

줄 때, 그 따스함이 좋다. 가끔씩 내 차가운 무릎 위에 동동이가 올라와 졸다 가는 것도 좋다. 동동이는 아들이 길에서 데려온 고양이로 3년째 우리와 함께 살고 있다. 고양이 배에서 느껴지는 아침 햇살 같은 그 온기가 얼마나 큰 위안이 되는지…….

어느 날, 나여경 소설가로부터 카톡이 왔다. 나 작가는 내가 여러 문학 단체의 회장으로 일할 적에 사무차장과 사무국장으로 오래 손발을 맞춰온 사이라 허물이 없는 후배다. 이런저런 대화를 나누던 중에 그녀가 말했다.

— 비빔국수나 해먹어야겠어요.

그 문자를 보는 순간 어디선가 참기름 냄새가 고소하게 퍼지는 듯했다. 이렇게 따스한 날에는 비빔국수를 해먹어도 좋겠지.

햇빛 좋은 마당에서 빨갛게 말린 태양초를 옹기에 몇 달간 숙성시켜서 만든 고추장. 그 고추장을 한 스푼 넣고 마늘과 참기름을 듬뿍 넣어 조물조물 무친 비빔국수를 먹어본 것이 언제던가.

내가 좋아하는 음식은 비빔국수만이 아니다. 수제 맥주도 내가 즐겼던 음식 중 하나다. 맥아의 함량과 숙성 시간이 만들어낸 맥주는 때로 얌전한 처자 같고, 때로 배려 깊은 누님

같으며, 때로 조금 까칠한 애인 같은 맛을 선사해주곤 했다.

프랑스의 미식가 브리야 사바랭Brillat-Savarin은 말했다. "조물주는 우리로 하여금 살기 위해 먹도록 명령했으며, 식욕으로써 그것을 권고하고, 맛으로써 지원하며, 쾌락으로써 보상한다"고. 나는 어느새 음식 맛을 잃으면서 죽음에 가까워지고 있었던 것이다.

이제 나에게 음식은 쾌락이 아니다. 나를 위해 아내는 하루에 세 번씩 영양식을 내 위에 주입한다. 또 하루에 세 번, 여덟 가지 과일과 채소를 갈아서 만든 청혈주스를 호스로 내 위에 흘려 넣는다.

내 답이 늘어지자 나 작가는 음식 얘기를 한 것이 아차 싶었던 모양이다. 한참 동안 서로 문자가 없다. 제법 시간이 지나서야 나는 문자를 보냈다.

— 맛있게 먹으셩.

나 작가는 안도의 한숨을 내쉬듯 재빨리 답장을 보냈다. 사실은 음식 맛에 대한 칼럼을 써야 하는데 문득 내 생각이 나더란다.

— 그런데 음식을 먹을 수 없는 지금, 맛의 기억은 어떻게 남아 있어요?

나 작가는 아예 대놓고 인터뷰를 시작했다. 나쁜 후배 같으니라고. 나는 내가 좋아하는 음식 세 가지를 떠올렸다. 쌉싸름한 커피와 수제 맥주 그리고 새콤한 왕자두…….

— 요즘 나에게 음식이란 희미한 옛사랑의 그림자야. 그리고 음식 맛이란 그 옛사랑과의 마지막 키스 같은 것이라고나 할까. 그러나 몇몇 맛의 기억은 열렬히 사랑했던 여인과의 키스처럼 아직도 강렬하게 남아 있다.

가령, 잘 내린 아메리카노 맛은 이지적인 여인과의 키스 같고, 차갑고 신선한 수제 맥주의 맛은 도도하지만 정열적인 여인과의 키스 같고, 과즙이 풍부한 왕자두 맛은 새콤하고 달콤했던 첫사랑과의 키스 기억처럼 남아 있다. 그러나 어쩌랴. 사랑도 흘러가버려 다시는 돌아오지 않는 것처럼 다시는 맛볼 수 없는 그 맛을……. 그저 명상하듯 추억할 수밖에 없다.

제법 길어진 문자에 나 작가가 답을 보내왔다.

— 흘러가긴요, 이렇게 절절하게 음식도 사랑도 맛보고 있으면서요.

그녀가 연재하고 있는 글에 우리의 이야기를 쓴 것을 얼마 전에 보았다. 그녀는 글 말미에 이렇게 적었다.

언제고 마음만 먹으면 맛볼 수 있고 사랑할 수 있는 육체가 멀쩡한 우리에 비해 몸이 굳은 J의 머릿속에서 그려지고 있는 사랑과 탐식은 얼마나 강렬하고 자극적일 것인가. J의 사랑과 음식에 대한 맛의 기억은 과거의 추억이 아니라 분명 현재 진행형일 것이다.

이제 나는 음식을 입으로 먹지 않고 가슴과 기억으로 먹는다. 내 식탁 위엔 진통제 같은 햇빛 한 접시와 희망 한 종지. 그것으로도 충분하다!

가족-즐거운 정원, 2016, Acrylic on canvas, 72.7×60.6cm

아내는 힘이 세다

안구 마우스의 검색창에서 자동 완성 기능으로 저장된 '소변'이라는 단어를 찾는다. 그리고 초점을 맞춘 뒤 눈을 껌벅이면 잠시 후 성우의 목소리가 흘러나온다.

— 소변통 가져다주셩

아내가 얼른 소변통을 챙겨온다.

소변을 해결하고 나니 이번엔 목에 낀 가래가 답답하다. 내 기관지는 굳어서 아무런 기능을 할 수 없다. 그러니까 지금 내가 숨을 쉬는 것은 기관지를 절개해서 산소를 주입하기에 가능한 일이다. 목 가운데에 튜브가 꽂혀 있고, 그것을 사이에 두고 두 개의 가느다란 호스가 늘어져 있다. 하나는 호흡을 위한 것이고, 다른 하나는 침을 흘려보내기 위한 것이다. 숨을 쉬는 것, 침을 삼키는 것 등을 모두 외부의 도움으로 해결하고 있다.

하루에 침을 몇 번 삼키는지 의식하는 사람이 있을까? 본능적으로 이뤄지는 일이라 누구도 의식하지 못할 것이다. 난 수시로 아내나 요양보호사의 도움으로 가래와 침을 뽑아내야 한다. 안 그러면 입안에 가득 고인 침이 귀를 타고 흘러 뒷목을 적시기 때문이다.

나는 다시 단어를 찾아 눈을 껌벅인다.

— 석션해주셈

그러면 아내가 카테타라는 도구를 이용해 침을 제거해준다. 이렇게 시시때때로 도움이 필요하니 아내는 늘 바쁘다.

내 몸을 이리저리 돌려 눕히는 일도 만만치 않다. 특히 밤에 잘 때가 문제다. 낮에 의식이 있을 땐 똑바른 자세로 아무리 있어도 몸이 배기지 않는다. 그러나 잠이 들면 배겨서 한 자세로 한 시간을 못 가 잠이 깨고 만다. 그때마다 이를 갈아 아내를 깨운다. 나도 나지만 밤잠을 설쳐야 하는 아내와 아들도 여간 고역이 아니다. 욕창을 방지하기 위해서라도 하룻밤에 여러 번 체위를 바꿔주어야 한다.

내 식사를 준비하는 일도 간단치가 않다. 내 식사는 의료용 유동식이다. 여기에 당뇨약을 갈아 배에 연결돤 위루관에 함께 넣어준다. 아침에는 당뇨약, 점심에는 유산균, 저녁에는 우울증 예방약 등 하루에 세 번 각기 다른 약을 식사와 함께 챙겨준다. 그리고 식사 중간에는 하루 세 번씩 청혈주스도 잊지 않는다.

그런 아내가 오늘따라 유난히 정신없어 보인다. 아침 유동식을 넣어주려고 세워놓은 전동 침대를 그대로 둔 채 방을 나가버린 것이다.

— 백 여사

애타게 찾았지만 아내는 보이지 않았다. 등뼈가 아파오고 엉치뼈가 쑤셨다. 나는 이를 갈기 시작했다. 기관절개술을 받고 중환자실에서 터득한 요령으로 누군가에게 도움을 요청하는 나만의 신호였다. 손가락 하나 움직일 수 없지만 아직도 내 몸 어딘가를 부딪쳐 소리를 낼 수 있다는 것이 얼마나 다행인가. 나는 다시 이를 빠드득 갈았다. 그래도 아내는 보이지 않았다.

아무 말도 없이 나갈 리는 없는데 이상했다. 팔과 다리가 점점 저려오기 시작했다. 게다가 목이 왼쪽으로 꺾여서 침이 흘러나오고 있었다. 잠깐의 방심이 내 호흡기를 막을 수도 있는데 아내는 도대체 어디를 간 것일까.

사실 위기 상황에서 나를 살린 것은 언제나 아내였다.

아내가 없었다면 나는 이미 이 세상 사람이 아니었을 것이다. 호흡 곤란으로 쓰러졌을 때 재빨리 기관절개술을 결정한 것도 아내였으며, 호흡기가 말썽을 부려 숨이 막혔을 때 기계를 다시 가동시킨 것도 아내였다.

위기는 피해 가는 법이 없다. 병상에 누워 있어도 일어날 일은 다 일어난다.

이유 없이 호흡기가 작동하지 않던 날, 아내는 마치 간호사처럼 튜브를 열고 목에 연결된 트라를 비상용으로 재빨리 교체했다. 2주에 한 번씩 간호사가 와서 트라를 갈아 끼우는 것을 유심히 보았던 것이다. 그사이 나는 호흡 곤란으로 숨이 넘어가고 있었다. 생명이란 것이 이토록 무기력하고 허약하기 그지없었다.

아내는 처음 해보는 일 같지 않게, 당황한 기색도 없이 트라를 갈아 끼우더니 호흡기 관과 연결했다. 그러자 언제 그랬냐는 듯 금세 호흡하기가 편해졌다.

한번은 이런 일도 있었다. 침대에서 요양보호사와 양치 중이었는데, 치약 거품을 닦아내던 솜뭉치가 그만 입 안으로 들어가버린 사건이었다. 요양보호사는 "어떻게, 어떻게"를 외치며 솜을 꺼내려고 칫솔을 휘저었지만 그럴수록 솜은 점점 더 목구멍 깊숙이 들어갈 뿐이었다. 내 얼굴이 새파랗게 변해가자 요양보호사가 아내를 다급하게 불렀다.

상황을 판단한 아내는 핀셋을 찾아 들고 내 입을 벌렸다. 그리고 침착하게 핀셋으로 솜뭉치를 콕 집어 꺼냈다. 참 간단하게도 말이다. 아내는 위급한 상황이 닥칠 때 오히려 침착하고 대범해지는 구석이 있다. 원래 타고난 기질은 덜렁거리는 편인데 내가 병석에 눕고 나서 생긴 저력인지 모르겠다.

불러도 대답 없는 아내에게 화가 났다. 나는 글자판을 노려보며 무지막지한 욕을 퍼붓기 시작했다. 아내에게 하는 욕이라기보다는 몸이 쑤시고 아픈 데 대한 화풀이였다. 그때 현관문 여는 소리가 들렸다.

나를 이렇게 방치해놓고 나갔다 온 아내에게 화가 나서 견딜 수가 없었다. 그래서 방금 쓴 욕들을 복사해서 붙여넣기를 했다. 두 번, 세 번. 남자 성우가 중후한 목소리로 반복해서 욕을 했다. 그러자 아내가 눈을 동그랗게 뜨며 말했다.

"지금 나한테 욕하는 거가? 내가 왜 개고, 당신이 개지. 나는 호랑이다 아이가."

개띠인 내가 개지, 호랑이띠인 자기는 개가 아니라는 말이다. 아내는 기분 따라 내게 반말과 존댓말을 섞어서 쓰는데, 반말을 할 때는 꼭 경상도 사투리를 섞어 쓰는 버릇이 있다. 오늘 반말을 쓰는 것을 보니 아내도 기분이 나만큼 좋지 않은 모양이다. 음식물 쓰레기를 버리고 왔을 뿐이라며 아내는 전동 침대를 도로 내려주었다. 그러면서 볼멘소리로 말했다.

"당신, 지금 나한테 죄짓고 있다는 거 모르나? 하느님이 나한테 주신 이 많은 시간을 당신이 아파서 다 가져갔다 아이가. 그것도 당신 죄다."

아내는 투덜거리며 내 몸을 오른쪽으로 돌려 눕혀주었다.

아내 말이 맞다. 나는 아내의 시간을 훔치는 도둑이다. 아내의 시간을 내 병수발로 다 빼앗은 것이다. 하지만 음식물 쓰레기를 버리러 간 사이에 내가 죽을 수도 있었다. 어쩌다 난 아내의 손에 목숨이 왔다 갔다 하는 인간이 되었는지. 내 목숨을 좌지우지하고 있다는 것을 망각한 게 아닌가 싶을 만큼 아내가 원망스러웠다.

말다툼 끝에 아내는 푸념을 늘어놓았다. 사람들은 가엾다고 말하는 것뿐이고, 아이들은 거들어주는 것뿐이고, 당신은 미안해하는 것뿐이지만 자신은 매 순간이 전쟁이고 현실이라고.

"사람들은 듣기 좋게 사랑타령이지만 나는 사랑 모른다. 가장 좋은 거 멕이고, 냄새 안 나게 깨끗하게 씻겨주고, 오다가다 당신 몸 저릴까 봐 자세 바꿔주는 거…… 나한텐 그기 사랑이다."

나는 금방 미안해져서 웃었다. 소변이 마려워서 계속 화를 낼 수도 없었다.

─ 소변통 가져다주셩

머쓱했지만 내 입은 자꾸 웃고 있었다. 웃음기가 가시는 데 시간이 걸렸다.

"내가 당신 아프다고 봐줄 것 같나?"

아내는 쏘아붙이고는 소변통을 가지러 갔다. 오랜 병에 효자 없다지만 어쩐지 그런 아내가 마지막까지 내 곁에 있어줄 사람 같았다.

언젠가 인터넷 서핑을 하다가 '여보'의 한자가 '같을 여如'에 '보배 보寶'라는 글을 읽었다. 그리고 '당신'이란 '마땅할 당當'에 '몸 신身'이라고. 맞는 말 같았다. 한때 내게 보배같은 사람이었고, 내 몸같이 귀한 사람이었던 아내. '여보'와 '당신'으로 만나 어느새 '여편네'로 늙어가는 아내가 안쓰러웠다. 소리 내어 말할 수 있을 때 한 번이라도 더 '고맙다' '사랑한다'라고 말했더라면 좋았을 것을…….

나는 글자판에 '여편네 고마워'라고 적었다. 그러자 성우가 감정 없이 경쾌하게 말했다.

─ 여편네 고마워

아내는 내가 아직도 자기를 놀리는 줄 알고 눈을 흘기며 소변통을 밀어넣었다.

　사실인지는 모르겠지만 '여편네'가 '옆에 있네'에서 온 말이라고 하던데, 나에게는 지금 '여편네'만큼 큰 사랑은 없다. 하지만 이 말도 나는 아내에게 전하지 못할 것이다.

가족 - 함께하는 시간, 2013, Acrylic on Canvas, 80.3×116.8cm

이 병은 사랑하는 가족들로부터 나를 앗아가지 못했으며, 내일을 방해하지도 못했습니다. 난 운이 좋습니다. 이 병에 걸린 대부분의 사람들과는 다르게 병의 진행이 느린 것도 행운입니다. 하지만 이건 우리가 희망을 잃지 말아야 할 이유이기도 합니다.

전동 휠체어를 타고 신시사이저 음을 이용해 강연하는 스티븐 호킹 박사의 모습을 기억한다. 꽃다운 나이 스물한 살에 발병해, 3~5년만 생존한다는 통념을 뒤집고 그는 50년 이상 장수하고 있다. 올해 일흔다섯 살이니 천수를 누리고 있는 셈이다. 그 기간 동안 《시간의 역사》를 비롯해 수많은

책을 집필했고, 블랙홀과 양자우주론 등 혁명적인 이론들을 정립했다. 호흡도 스스로 하지 못하고, 손가락도 몇 개만 움직일 수 있을 뿐인데, 무엇이 그의 생명을 그토록 강인하게 견인한 것일까?

내 삶과 죽음 사이에는 언제나 가족이 있었다.

위루관과 호흡기 사이에 아내가 있었고, 매트리스와 굳은 몸 사이에 수시로 자세를 바꿔준 두 아들이 있었다. 그리고 안구 마우스와 아직 깜박일 수 있는 내 눈 사이에 후배들과 동료 문인들이 있었다.

하늘이 내게 준 명은 어쩌면 2015년 봄 가슴 압박과 호흡 곤란으로 부산대병원에 실려 갔을 때까지인지도 모른다. 그후로 나는 가족으로부터 생명을 '발전'받아 살고 있는 셈이다. 그리고 사랑하는 벗들이 있어 아직까지 죽을 만큼 외롭지는 않은 것이다.

호흡기에서 들려오는 서걱서걱 거친 숨소리와 안방 창으로 가득 쏟아지는 아침 햇살이 조화를 이루어 묘하게도 평화롭다. 이 방에 정적이 흐른다면 아마도 내 호흡기가 작동을 멈추었을 때일 것이다. 언제고 저 호흡기만 떼면 난 생을 달리할 수 있다. 이토록 가까운 죽음 곁에서, 나는 매일 삶을 영위하고 있다.

이제 내게 죽음이란 산그림자처럼 기습적으로 덮쳐오는 검은 그림자도 아니고, 덤프트럭처럼 위압적이지도 않다. 내 죽음은 오히려 너무도 명쾌하고 간단하다. 생명이란 순간순간 반응하는 것이다. 아프고, 기쁘고, 화나고, 슬프고…… 이런 반응마저 없을 때 그것이 진정 죽음이리라. 매일 죽음과 동침하며, 죽음에 반응하고 죽음과 놀면서 나는 삶을 연명해가고 있다.

침대에 매트리스처럼 꼼짝없이 붙어 있어야 된다고 생각했을 때 가장 먼저 걱정된 것이 배변이었다. 소변은 받아낸다고 하더라도 대변은 어쩔 것인가. 기저귀를 차기에는 내 이성과 의식이 너무 또렷하다. 이를 알기에 두 아들이 번갈아가며 나를 화장실로 데려간다. 주렁주렁 기계를 달고 있는 내게 화장실까지의 이동은 아들과 아내를 대동한 민족의 대이동 같은 것이다.

잠시 호흡기를 떼고 앰부백을 연결해 수동으로 산소를 주입해주면 나는 흐물흐물한 모습으로 변기에 앉아 있다. 괄약근에 힘이 없어 관장을 해야 하는 수고로움이 따르지만, 그럼에도 끝까지 내 자존감을 지켜준 두 아들이여. 한낱 병자의 자존감이 뭐가 그리 중요하다고. 그래도 고맙다.

고마운 것이 어디 아이들뿐이겠는가. 돌아가신 어머니보다 더 깊은 사랑으로 이 늙은 동생을 감싸 안는 두 분 누님. 동생이 병석에 누운 뒤로 경주에서, 또 진주에서 한 달에 한 번씩 상경해 위로와 희망을 듬뿍 수혈해주신다. 초등학교 교사를 지낸 두 누님의 나긋나긋한 목소리를 듣는 것만으로도 큰 위로가 된다. 누님들의 아낌없는 지원과 사랑을 받을 때면 차가운 내 몸에 따뜻한 피가 도는 느낌이다. 특히 큰누님의 마음은 이 세상 삶을 다 산 후에도 결코 잊지 못하리라.

　　가장 가까이 있어서 가장 힘들었을 아내. 티격태격 싸우면서도 아내는 늘 곁에서 나의 손발이 되어준다. 내가 병석에 누운 뒤로 아내는 밤에 두 시간 이상 깊은 잠을 자본 적이 없다. 혼자서 몸을 뒤척일 수 없는 나를 위해 한밤중에도 내 몸을 이리저리 돌려주어야 하기 때문이다.

　　밤잠이 없는 내 곁에서 늘 토막잠을 자는 아내. 나이 들어서도 몸이 야윈 것은 살이 찌지 않는 체질 때문만은 아닐 것이다. 내가 병석에 누운 뒤로 따스한 햇볕 한번 마음 놓고 쪼여본 적이 없는 아내. 그런 아내에게 내가 감옥이 되고 있는 것은 아닌지……

　　지금까지 나를 살게 한 것은 가족들의 격려와 위로다.

　　병으로 인하여 고통스럽기도 하지만, 그들의 그 마음으로 인하여 나는 감히 행복하기도 하다. 병이 나기 전에는 이 모든 일들에 감사함을 깨닫지 못했다. 병이 든 연후에야 그 마음들을 읽을 수 있었으니, 나는 얼마나 어리석었나.

그리고 투병 중인 나를 데리고 불편한 여행을 떠나준 후배들. 혼자 걷지도 못하고, 밥도 못 먹고, 화장실도 못 가는 나를 잡아주고, 먹여주고, 휠체어를 밀어주며 시중을 든 여행길이었으니 후배들이 나를 모시고 갔다는 표현이 더 정확할 것이다. 기관절개술을 받은 뒤부터는 그나마도 못하고 꼼짝없이 침대에 누워만 있어야 하는 신세가 됐지만, 그때의 기억이 내 병상을 풍성하게 해주고 있음이 고맙고, 감사하다.

또 하나 고마운 이름 박태규. 부산대학교 사회교육원에서 운영하는 소설 창작 수업에서 강사와 수강생으로 만난 나와 그는 공교롭게도 이름도 생일도 같은 인연으로 의형제를 맺은 지 20년이 다 돼간다. 그 동생과 대학 동기이자 내 오랜 친구인 부경대 곽진석 교수가 짝짜꿍이 되어 외로운 병상의 나를 위해 수시로 부부 동반 여행을 기획하곤 했다.

내가 병들기 전보다 병이 든 후에 더 많이 날 찾아주는 내 오래고 고마운 두 친구, 강범수 부산대 교수와 마산의 김평수에게도 감사한다. 이 못나고 병든 동기를 위해 거액의 후원금을 마련해준, 김성수 변호사를 비롯한 진주고 47회 재부 동기들의 우정도 잊을 수 없다.

내 차가운 병상에 어떤 신도 나를 구하러 오지 않았고, 어떤 여신도 나를 불쌍히 여기지 않았지만 이 벗들만은 나를 외면하지 않았다. 희망 없는 병상에 이 벗들이 내 희망이었음을……. 그저 고마울 뿐이다.

다리를 끌면서라도 걸을 수 있었던 그때, 동생 박태규와 부산 금강공원에 있는 해양자연사박물관 근처 숲에 놀러 갔다가 희한한 나무를 보았다. 쪼개진 바위 틈새에서 나무 한 그루가 자라고 있었다. 나무가 자라며 바위를 쪼갠 것인지, 본래 바위 틈새에서 나무가 자란 것인지는 알 수 없었다. 하지만 나는 왠지 그 나무가 극심한 고통을 견디며 자라나 바위를 쪼갠 것이라 믿고 싶었다.

그렇게 믿으니 나무가 위대해 보였다. 설사 바위를 쪼갠 것이 아니라 하더라도 그 좁은 틈새에서 저토록 강인하게 자란 생명력 자체로 이미 위대하고 숙연한 일 아니겠는가. 그때 생각했다. 내 고동이 과연 단단하게 굳어버린 육체의 바위를 쪼개고 나올 수 있을까?

언젠가 눈 근육도 약해지는 날이 올 것이다. 그럼에도 나는 글쓰기를 포기하지 않을 것이다. 글쓰기가 어쩌면 바위처럼 굳어버린 내 몸을 뚫고 내가 싹 틔우는 한 그루 나무가될 수 있을 것 같기 때문이다. 이것이 내게 끝까지 희망을준 벗들과 곁에서 나를 지켜준 가족들에 대한 내 사랑법이기도 하기 때문이다.

천형 때문에 홀로 앉아
글을 썼던 사람
육체를 거세당하고
인생을 거세당하고
······(중략)······
그대는 진실을
기록하려 했는가.

박경리 선생님의 시가 사무치는 밤이다.

눈썹과 귀털

눈썹이 유독 몇 가닥 길게 자란다
귀에서도 몇 가닥 털이 길게 자라 나온다
그러면 오래 산다는 속설이 있다는데
아내는 보기 흉하다고 자꾸 자른다
속설이 맞든 안 맞든
어디까지 자라는지 보자고
자르지 말라 해도 아내는 그예 고집이다
내 눈썹과 귀털을
자기 마음대로 자르는 아내에게
화가 난다
그러나, 그러나 생각해보니
고맙다고,
내 초라한 병구를 초라하지 않게 다듬어줘
고마웠다고,
이 세상 삶 다 살고 떠나는 날
가만히 웃으니
속으로 말할 참이다.

햇빛은 눈부시게 빛나고, 2014, Acrylic on Canvas, 112.1×162.2cm

2부

모 범 작 문

— 소설

일러두기

1. 2부는 정태규 작가의 단편소설이다.

2. 〈비원〉은 창작집《편지》(2014)에 실렸던 글이다. 루게릭병 확진을 받은 뒤에 쓴 소설로 작가가 구술하고 그의 아내가 타이핑했다.

3. 〈갈증〉은 안구 마우스로 완성했으며, 탈고까지 꼬박 한 달이 걸렸다.

4. 〈모범 작문〉은 소설집《청학에서 세석까지》(2014)에 실렸던 글로, 최근 페이스북에 다시 연재하여 뜨거운 반응을 얻었다.

비원秘苑

둘은 돈화문 앞에서 택시를 내렸다. 그는 문 입구에 그녀를 세워두고 매표소로 걸어갔다.

"비원도 구경하실 건가요? 그건 따로 표를 사셔야 합니다."

유리창 너머에서 한복을 곱게 차려입은 매표원 아가씨가 물었다.

"예, 그러지요."

"몇 시 걸로 드릴까요?"

"시간별로 들어가는 거요? 제일 빠른 걸로 주쇼."

표를 산 그는 입구에서 기다리고 있던 그녀와 창덕궁 정원으로 들어섰다. 넓은 인정전 뜨락에 가을 오후 햇볕이 가득 내려 있었다. 둘은 한 무리의 외국인들 사이에 끼어 대전을 들여다보았다. 넓은 청마루와 높은 천장, 거대한 나무 기둥, 화려한 단청. 몇백 년 사직의 위엄이 한가운데의 높은 용상 위에 도사리고 앉은 채 세월보다 더 많이 퇴색되어 있었다. 열심히 카메라 셔터를 눌러대던 외국인들이 몰려가고 난 뒤에 둘은 품계석이 늘어서 있는 대전 앞마당을 멀거니 내려다보았다.

"시간이란 참 무섭죠……."

그녀가 혼잣말처럼 불쑥 말했다. 그는 고개를 끄덕여 보였다. 한때는 일국의 산천초목을 떨게 했던 지존의 권위가 응축되어 있던 곳이 이젠 한낱 관광객의 구경거리로 전락한 것은 분명 세월 탓이었다.

"시간은 무자비하죠. 인간사쯤이야 어찌 되었든 관계없이 저 혼자 흘러가버리죠."

그도 혼잣말처럼 말했다. 그녀가 말간 눈으로 그를 돌아보았다.

"그것도 끝도 없이 흘러가요."

그가 덧붙였다.

"그 끝을 보고 싶어요. 죽으면 그걸 볼 수 있을까요?"

이번에는 그가 그녀의 옆얼굴을 돌아보았다. 멀리 시선을 주고 있는 그녀의 눈이 슬펐다.

"죽어서 그 비밀을 알 수 있다면 그나마 다행이겠소만 죽은 후에 그걸 안들 무슨 소용이겠소."

그는 궁궐 담장 위 하늘을 바라보았다. 하늘엔 몇 점의 구름이 천천히 흘러가고 있었다.

"이 손님 들어갔다 나오시면 바로 들어가시면 됩니다."

작은 키의 간호사가 진료실 밖의 긴 의자에 줄지어 앉아 있는 환자들 중 어떤 여자를 가리켰다. 그는 복도 맞은편에 놓인 빈 의자에 앉으며 여자를 쳐다보았다. 고개를 약간 숙인 채 꼼짝도 하지 않고 앞만 바라보고 있던 여자도 아주 잠깐 무심한 눈길로 마주 보았다. 웨이브를 준 단정한 긴 머리와 반듯한 이마와 크고 검은 눈이 그녀의 미모를 돋보이게 했다. 삼십대 후반이나 사십대 초반쯤 되어 보이는 얼굴이었다. 야무지게 다문 입술이 만만찮은 삶의 연륜을 느끼게 했다. 그녀의 얼굴에는 입고 있는 남색 코트보다 더 짙은 그늘이 내려 있었다. 그녀는 간간이 오른손으로 왼팔을 주물렀다. 드디어 일어서서 진료실로 들어가는 그녀의 왼팔이 힘없이 처져 보였다.

"아직 가족에게 알리지 않으셨나요?"

보호자 없이 혼자 온 그를 보고 젊은 의사는 답답하다는 듯이 물었다.

"네. 아, 아직……."

그는 큰 잘못이라도 저지른 사람처럼 말을 더듬었다.

"오늘은 보호자와 같이 오라는데 말을 안 듣는 환자가 많군요."

의사는 시큰둥한 표정으로 모니터의 차트를 살폈다. 그리고 끝에 삼각형 고무가 달린 작은 봉으로 그의 팔꿈치와 무릎, 발목 등을 툭툭 쳤다. 두 팔을 머리 위로 올려보라고도 했는데 오른팔이 어깨 높이 이상으로 올라가지 않았다. 마음은 뻔한데 아무리 용을 써도 도무지 올릴 수가 없었다.

몇 달 전 어느 날, 아침에 출근을 하기 위해 와이셔츠를 입다가 오른손으로 단추를 채울 수 없다는 사실을 깨달았다. 손가락에 힘이 들어가지 않았다. 곧 낫겠거니 하고 내버려두었는데 증상이 점점 심해졌다. 손가락뿐만 아니라 팔의 힘도 갈수록 약해지기 시작했다. 동네의 정형외과에서 근전도 검사 후 의사는 고개를 갸우뚱거리며 큰 병원으로 가보길 권했다. 그게 석 달 전이었다.

"운동신경원 질환입니다. 쉽게 말해서 루게릭병이라고 하죠. 정밀 검사를 좀 더 해봐야겠지만 지금으로서는 90퍼센트 이상 확실합니다."

대학병원의 의사는 정형외과의 진료의뢰서를 훑어보더니 그날 당장 검사를 실시하고 결과를 알려주었다.

"현재로선 치료법이 전혀 없습니다. 공식적으로는 온몸의 근육이 마비되어 발병한 지 3년 내지 5년 후에 사망하는 것으로 되어 있습니다. 마음의 준비를 하시는 게…….”

의사는 무척 유감이라는 표정을 지으며, 원한다면 루게릭 센터가 개설된 유명 병원에 의뢰서를 써주겠노라고 했다. 그래서 온 곳이 바로 이 병원이었다.

“진행 상태는 그리 빠르지 않은 편입니다. 그러나 곧 왼팔도 증상이 나타날 겁니다. 어찌하든 적당한 운동과 영양 상태를 유지하여 진행 속도를 늦추는 게 최선입니다.”

“정말 치료 방법이 전혀 없는 겁니까?”

그는 이미 대답을 알고 있는 질문을 또 했다.

“저희 병원을 비롯해서 전 세계적으로 약물과 줄기세포 치료법을 개발 중에 있으나 아직 확실한 결과를 얻지 못한 상태입니다. 그래도 희망을 가지고 몸 상태를 잘 유지…….”

의사는 말끝을 흐렸다.

“다음에는 꼭 보호자를 동반해주시기 바랍니다. 어차피 알려야 할 일인데 빠를수록 좋지 않겠습니까.”

의사는 그런 당부를 하며 진료를 마쳤다. 지난 석 달 동안 그는 아내에게도 직장에도 발병 사실을 알리지 못했다. 결국 희망 없는 게임이라면 빨리 알려서 좋을 게 뭐가 있겠느냐는 심정이었다. 아내는 놀람과 절망 속에서 비탄에 잠길 것이고, 그는 얼마간의 병가 후에 직장을 잃을 것이다. 그 사

실과 마주할 용기를 내지 못한 채 차일피일 미루다 석 달을
훌쩍 넘기고 말았다.

아내가 이 사실을 알면 어떤 반응을 보일까. 그의 예정된
죽음을 먼저 슬퍼할까. 아니면 무너진 집안 경제로 인한 자
신과 아이들의 불투명한 미래를 먼저 걱정할까. 그는 그런
생각을 하며 진료실을 나섰다.

병원 1층의 중앙 로비에서 그는 잠시 길을 잃었다. 수많
은 사람들이 오가는 사이에 멈춰 서서 어디로 가야 할지 생
각이 나지 않았다. 그는 혼자 버려진 듯했다. 그래서 지나치
는 모든 사람들에게 가벼운 적대감을 느꼈다. 머리가 어지
러웠고 이마에 진땀이 돋았다. 곧 쓰러질 것 같은 피로감이
엄습했다. 그는 로비 구석에 있는 구내 커피숍을 발견하고
휘청거리며 걸어갔다. 겨우 주문을 마치고 앉을 자리를 찾
던 그는 구석 자리에 앉은 낯익은 남색 코트를 발견하고 자
신도 모르게 허위허위 걸어가 그 앞자리에 털썩 주저앉았
다. 그녀가 놀란 눈으로 쳐다봤다.

"실례지만 루게릭이오? 아까 진료실 앞에서 뵈어서……."

그녀의 얼굴이 당황스러움과 경계심으로 잠시 복잡해졌
다가 이내 풀어졌다.

"왼팔에 왔소? 나는 오른팔인데……."

그녀는 가만히 고개를 끄덕였다.

"확진받은 지 얼마나 됐소?"

"6개월쯤 됐어요. 그쪽은……?"

"6개월에 그 정도면 느린 편이오. 나는 3개월인데 벌써……."

"지금 상태는 어떤가요?"

"오른팔을 거의 쓰지 못하오."

"뭐 저랑 비슷하네요."

"혼자 온 걸 보니 그쪽도 집에 알리지 않으셨소?"

"네. 별로 알릴 사람도 없고, 알아서 알뜰하게 슬퍼할 사람도 없어요."

"그것도 나랑 비슷하네요."

그는 허허롭게 웃었다. 그녀의 입가에 쓸쓸한 미소가 잠시 떠올랐다 사라졌다.

인정전을 나와서 비원 입구에 다다를 때까지 둘은 아무 말도 하지 않았다. 입구에는 낮은 울타리가 있고 제복을 입은 수위가 서 있었다. 아직 입장 시간이 일러 관광객 몇이 그늘 속의 나무의자에 앉아 기다리고 있었다. 둘은 비어 있는 벤치에 나란히 앉았다.

"왜 하필 비원이 보고 싶었죠?"

그녀가 때늦은 질문을 했다.

"글쎄요. 나도 잘 모르겠소. 이름이 멋있지 않소? 비밀의 정원. 이곳엔 무슨 대단한 비밀이 숨어 있을 것 같지 않소?"

그는 낮게 웃었다. 처음으로 그녀도 웃었다.

"비밀을 알게 되면 저에게도 알려주세요."

"……그러는 당신은 왜 선뜻 따라왔소?"

"글쎄요. 저도 비밀이 알고 싶었나 보죠."

그는 갑자기 그녀가 오래전부터 알고 있던 사람처럼 느껴졌다.

"……이곳은 조선 3대 임금 태종이 조성한 창덕궁의 후원입니다. '금원' 혹은 '비원'이라고도 하는데 정식 명칭은 창덕궁 후원입니다. 그러나 비원이란 이름으로 더 널리 알려져 있죠."

드디어 울타리의 작은 문이 열렸다. 사람들이 모이자 한복 차림의 여성 해설사가 안내를 시작했다. 둘은 사람들의 제일 뒤에 서서 비원으로 통하는 긴 담을 바라보았다. 담장의 기왓장 위로 키 큰 나무들이 울긋불긋한 단풍으로 온몸을 화려하게 치장하고 있었다.

"내전의 뒤쪽으로 펼쳐지는 후원은 울창한 숲과 연못, 크고 작은 정자들이 마련되어 자연경관을 살린 점이 뛰어납니다. 또한 우리나라 옛 선현들이 정원을 조성한 방법 등을 잘 보여주고 있어 역사적으로나 건축사적으로 귀중한 가치를 지니고 있습니다. 160여 종의 나무들이 울창하게 숲을 이루며 300년이 넘는 오래된 나무들도 있습니다. 창덕궁과 후원은 자연의 순리를 존중하여 자연과의 조화를 기본으로 하는 한국문화의 특성을 잘 나타내고 있는 장소로, 1997년에 유네스코의 세계문화유산으로 등재되었습니다. 그러나 창덕궁 후원이 진정으로 아름다운 이유는 이곳이 단지 휴식 공간이 아니라 왕과 왕비가 백성을 생각하고 나라를 생각하는 공간이기도 했다는 점입니다⋯⋯.”

나긋나긋한 해설사의 목소리가 가을 햇살 속으로 퍼져 갔다.

“자, 이제 비원 여행을 시작하겠습니다. 가면서 곳곳의 정자와 누각, 연못 등에 대한 설명은 그때그때 다시 해드리겠습니다.”

말을 마친 해설사를 따라 일행은 낮은 오르막길을 오르기 시작했다. 그와 그녀도 제일 마지막에 처져 천천히 걸었다. 햇살이 길 위에 하얗게 빛났다. 길 가장자리엔 낙엽이 쌓여 있고 바람이 불 때마다 머리 위로 잎들이 떨어지고 있었다. 오르막이 끝나고 곧 내리막길이 시작되었다. 내리막길이 끝나는 지점에서 갑자기 앞이 확 트이며 연못과 빈터가 나타났다. 연못 주위엔 여러 채의 누각과 정자가 서 있었다.

"이 연못을 부용지라 하고, 이 연못 바로 왼편에 서 있는 저 정자를 부용정이라고 합니다. 부용이란 연꽃을 말합니다. 연꽃은 불교를 상징하는 꽃이지요. 더러운 진흙 속에 뿌리를 두지만 고결하고 향기로운 꽃을 피워내는 것이 더러운 사바세계로부터 고결한 부처의 세계로 중생을 인도하는 세존의 도와 닮았다는 것이지요……."

일행은 해설사의 설명을 열심히 경청하고 있었다. 어떤 이는 노트를 꺼내 적기도 했고, 대부분의 사람들은 휴대폰을 꺼내 아예 녹화를 시작했다.

그와 그녀는 일행에서 떨어져 나와 나무그늘 아래에 앉았다.

"……부용정은 보시다시피 아주 특이한 구조를 취하고 있습니다. 가운데 방을 중심으로 사방에 방이 하나씩 이어져 있는 독특한 구조인데요, 세계적으로 보기 드문 희귀한 형태의 건물이라고 합니다."

"왜 하필 우리일까요."

그녀가 그를 돌아보지도 않은 채 낮은 목소리로 말했다.

"십만 명당 한두 명 걸린다는 그 병에 왜 하필 내가 걸렸을까요."

"착하게 살았소?"

그는 웃지도 않고 그녀에게 되물었다.

"그렇게 착하게 살진 못했지만 십만 명당 한두 명에 뽑힐 만큼 나쁘게 살지도 않았는데……."

그녀도 진지한 목소리로 대답했다.

"그쪽은요?"

그녀가 비로소 그를 돌아보았다.

"글쎄요. 나야 뭐 그렇게 나쁜 놈도, 착한 놈도 아니죠. 지극히 평범하고 평균적인 인간이라고 할까요."

"세상에는 악독하게 나쁜 놈들이 얼마나 많은데……."

"그래요. 아무래도 우리 일은 하느님이 실수하신 것 같소."

그녀가 얼굴에 웃음기를 떠올렸다.

"……저기 보이는 저 누각을 영화당이라고 합니다. 사방이 높은 돌계단으로 되어 있고, 그 위에 누각이 앉아 있는 누각의 방에는 왕족만이 출입할 수 있었다고 합니다. 왕족들이 저 높은 방에 앉아 차나 술을 마시며 사방 경치를 즐겼다고 합니다."

"제일 아쉬운 게 뭐요?"

그가 물었다.

"이제 곧 커피잔도 들지 못하게 되겠지요. 조용한 카페에서 원두커피 마시는 걸 무척 좋아했는데, 남의 도움이나 빨대 없인 그 즐거움도 누릴 수 없겠지요."

"아직 왼손은 괜찮소?"

"커피잔은 들지만 점차 약해지고 있어요……. 그쪽은 뭐가 제일 아쉬운가요?"

"화려한 백 스매싱을 다시 구사할 수 없다는 것이오."

"그게 뭔가요?"

"탁구를 무척 좋아하오. 이래 봬도 직장 내 탁구대회에서 늘 챔피언이었지요."

"……자, 영화루의 방에 올라가셔서 옛날 왕족이나 왕비가 된 기분을 느껴보시기 바랍니다."

"또 뭐가 아쉬운가요?"

"글씨를 쓸 수 없게 된 것이오. 이제 오른손으로 내 이름조차 쓰기 힘들어졌소."

"글씨를 잘 쓰셨나요?"

"군에서는 연애편지 대필도 무수히 해주었다오."

"믿을 수 없군요. 증거가 없다고 허풍 치시는 거 아니에요?"

"글씨가 단정하고 예뻐서 쓰는 법을 가르쳐달라는 여자들이 줄을 섰지요. 믿거나 말거나……."

그녀가 쿡쿡 웃었다.

"……자, 이곳에서 십오 분간 쉬겠습니다. 사진 찍으실 분들은 마음껏 찍으시고, 화장실 다녀오실 분들도……."

"그쪽은 또 뭐가 아쉽소?"

"이제 세수도 양치질도 혼자 못 하겠지요. 화장도 스스로 못 하게 되겠지요."

"까짓 화장이야 누가 해주든 대수겠소. 또 안 한들 어떻겠소. 뭐 안 해도 예쁜 얼굴이구만⋯⋯. 난 그보다 스스로 식사를 하지 못하는 일이 두렵소."

"여자를 잘 모르시는 말씀이시군요. 화장은 여성성을 대표해요. 여자에겐 화장이 밥보다 더 중요할지도 몰라요. 자기 얼굴을 스스로 꾸밀 수 없다는 건 참 슬픈 일이에요."

사람들은 연못가 누각 근처에서 저마다 멋진 포즈로 사진을 찍고, 높은 계단을 오르고, 단풍 든 숲을 바라보고, 그늘의 벤치에 앉아 가을 햇살을 즐기고 있었다. 햇살은 연못의 수면 위에도, 누각의 기와지붕에도, 하얀 흙길 위에도 그리고 지천으로 물든 단풍잎 위에도 풍성하게 골고루 내리쬐고 있었다. 아이들은 매점 근처를 뛰어다니고 어른들도 모두 즐거워 보였다.

"참 아름다운 날이군요."

그녀가 망연한 눈빛으로 말했다.

"그래요. 예전에는 왜 이런 게 시시하게 느껴졌는지 모르겠소."

"내 생에 이렇게 아름다운 날을 몇 번이나 더 만날 수 있을까요."

그녀의 목소리가 쓸쓸하게 들렸다.

"자, 이제 모여주세요. 또 다음 장소로 출발합시다."

숲속 빈터 한가운데서 해설사의 스피커 소리가 사람들을
불러 모았다.

일행이 아름다운 정자가 서 있는 연못에 이르자 해설사는
연못가의 작은 돌문을 가리켜 보였다.

"자, 이 문을 잘 보세요. 문 위에 한문으로 뭐라고 새겨두
었지요?"

"불로문이오."

사람들이 일제히 손나팔까지 만들어 외쳤다.

"네, 맞아요. 이 문을 지나면서 돌기둥을 만지면 절대 늙
지 않는다는 불로문이랍니다. 옛날에는 왕족만이 이 문을
지날 수 있었다는군요. 오늘은 특별히 여러분에게도 지나갈
수 있는 기회를 드리겠습니다. 이 문을 지나시고 모두 모두
장수하세요."

해설사의 익살에 여기저기서 웃음소리가 솟아올랐다. 사
람들은 이미 손때가 새까맣게 묻은 돌기둥을 쓰다듬으며 지
나갔다.

"우리도 만져봅시다. 누가 알아요. 전설처럼 우리도 오래

살게 될지."

그가 그녀를 뒤돌아보며 말했다. 그녀는 피식 웃었지만 그를 따라 돌기둥을 쓰다듬었다.

"이 연못을 애련지라 하고, 저 건너편 정자를 애련정이라고 합니다. 이 가을에 이곳에 오신 여러분은 대단한 행운입니다. 이곳은 가을 경치가 뛰어나기로 유명한 곳이지요. 애련정 뒤편 숲의 단풍과, 또 연못에 비친 정자와 숲의 그림자가 정말 아름답지 않습니까?"

사람들은 해설사의 말이 끝날 즈음에 연못 주위로 흩어져 사진을 찍느라 바빴다. 정자 뒤편의 숲에는 참나무와 단풍나무 잎들이 선홍빛으로 물들어 있었다. 푸른 기와지붕과 붉은 기둥들 그리고 그 모든 게 비친 연못은 정말 아름다웠다. 연못에는 파란 가을 하늘과 흘러가는 뭉게구름도 담겨 있었다.

"……이곳 애련정에는 숙종 임금과 최 숙빈에 얽힌 이야기가 전해지는데요, 인현왕후가 죽고 장희빈의 서슬이 시퍼럴 때 어느 날 임금이 나인만 거느리고 이 정자로 밤 산책을 나왔답니다. 그때 누군가 정자에서 향을 피우고 제를 지내고 있더랍니다. 알아보니 당시 무수리였던 최 숙빈이 인현왕후를 위하여 남몰래 추모제를 지낸 것으로 밝혀졌지요. 그 뜻을 가상히 여긴 숙종은 그녀를 데려다 숙빈으로 삼았다고 합니다."

해설사의 말이 여기에 이르렀을 때 작은 소동이 일어났다. 굉장한 물소리가 들렸다. 사람들은 일제히 소리 나는 곳으로 돌아보았다. 어떤 아가씨가 연못에 빠져 허우적거리고 있었다. 연못가에서 멋진 포즈로 사진을 찍으려다 그만 균형을 잃고 연못에 빠진 모양이있다. 다행히 수심이 아가씨의 목까지라 그녀는 쉽게 구출되었다. 남정네들이 아가씨를 물 밖으로 끌어내자 사람들이 박수를 쳤다. 트렌치코트 차림의 아가씨는 처참한 몰골로 혼이 빠진 표정이었지만 사람들의 웃음소리가 끊이지 않았다.

"성모님 앞에 두 손을 모으고 기도할 수도 없게 되겠지요."

그녀가 말했다.

"천주교 신자요?"

그가 물었다. 그녀가 고개를 끄덕였다.

"세례명이……?"

"에메리따예요."

"반갑소. 난 다니엘이라고 하오."

"그럼, 그쪽도?"

그녀가 새삼 그를 돌아보았고 그는 고개를 끄덕여보였다.

"……우린 주님의 보호하심을 받지 못한 걸까요? 아님 평소 신심이 깊지 못해 주님이 화가 나신 걸까요?"

"글쎄요. 나도 사이비 신자이긴 합니다만 그 비밀을 누가 알겠소?"

그가 공허하게 웃었다.

"하느님이 원망스럽소?"

그가 물었다.

"아뇨."

"난 때때로 원망스럽소. 하느님께 따져보고 싶을 때도 있소. 입장 바꿔 생각해보자고! 하느님이 나 같으면 억울하지 않겠냐고."

"그래, 뭐라세요?"

그녀가 물었다.

"내가 미쳤다고 너하고 입장을 바꾸냐? 그러시데요."

그녀가 소리 내어 웃었다.

조선시대 전형적인 양반집 가옥 형태라는 연경당 구경을 마치고 나오자 숲속에 언덕길이 나타났다. 온 숲이 불타고 있었다. 바람이 불 적마다 불꽃들이 일렁거렸다. 숲은 풀이 말라가는 향기로 가득했다. 저녁노을에 향기가 있다면 이 냄새일 것이다. 핏빛 단풍나무 아래서 사진을 찍는 사람들의 얼굴이 붉었다.

언덕길이 끝나자 다시 포도가 나타났고, 길옆으로 작은 경비실과 CCTV가 설치되어 있는 것이 보였다. 아스팔트길을 따라 오르다 다시 흙길로 접어들었다. 이번에는 내리막길이었다. 길 끝에 작은 빈터가 나타났고, 사람들이 농산정 앞에 모여 해설사의 설명을 열심히 듣고 있었다.

둘은 거기서 좀 떨어져 있는 존덕정이라는 정자의 마루 끝에 나란히 앉았다. 그와 그녀의 무릎에 가을 오후 햇살이 풍성하게 내려와 앉았다. 정자 옆으로 작은 연못이 있고, 연못 위엔 아주 크고 편평한 바위가 있었다. 연못에 물이 넘쳐 정자 옆으로 개울을 이루며 계곡 아래로 흐르고 있었다. 계곡 아래엔 아름드리 소나무 숲 사이로 연못과 정자가 보였다.

갑자기 사람들이 해설사의 손짓을 따라 이쪽을 쳐다보았다. 아마 둘이 앉아 있는 정자에 대해 설명을 하는 중이었나 보다. 사람들의 시선을 피해 둘은 자리에서 일어나 개울 위의 작은 다리를 건넜다.

"우리 병이 알려지면 사람들은 우리를 어떻게 볼까요?"

그녀가 소요암이라는 바위를 바라보며 심상하게 물었다.

"……짧은 동정과 긴 망각…… 자의든 타의든 우리는 잊혀갈 것이오. 사람들은 우리와의 관계를 포기하겠지요."

"몸으로부터도, 사람으로부터도 우린 끝없이 고립되어갈 거예요. 그래도 사람들로부터 잊히는 게 더 슬퍼요."

"동감이오."

둘은 연못으로 내려가는 길과 숲으로 올라가는 길이 나누어지는 곳에서 멈추어 섰다. 사람들이 존덕정 쪽으로 내려오는 게 보였다. 숲으로 올라가는 길옆에는 '출입엄금. 돌아가시오. 길 없음'이라고 쓰인 팻말이 서 있었다. 둘은 잠시 마주 보다가 약속이라도 한 듯이 숲속 길을 오르기 시작했다. 곧 길을 가로막아놓은 낮은 울타리가 나타났다. 둘은 울타리를 넘어 낙엽이 지천으로 쌓인 숲으로 들어섰다.

얼마를 들어가자 키 큰 참나무들 사이에 작은 빈터가 나타났다. 빈터에는 마른 참나무 잎이 수북이 쌓여 있었다. 둘은 나뭇잎 위에 앉았다. 숲은 조용했다. 바람 소리도 들리지 않았다.

"……곧 양손 다 못 쓰게 되겠지요."

그녀가 먼저 입을 열었다.

"다리에 힘도 빠져 걷지도 못할 거요."

그가 받았다.

"목도 가누지 못할 것이고 드디어 침대에 드러눕겠죠. 몸은 미라처럼 말라가고……."

"음식도 삼킬 수 없게 되고……."

"숨 쉬기도 힘들어지고……."

"목에 구멍을 뚫고…… 호스를 꽂아 죽을 밀어 넣어주

면……."

"그 죽으로 연명을 하며…… 말을 할 수도 없고……."

"외계인처럼 호흡기를 달고……."

"두 눈만 깜박이며 육체의 감옥에 갇혀……."

"가족의 끝없는 짐이 되어……."

"서서히 죽어가는 자신을 지켜보게 되겠지요."

그리고 둘은 한참 동안 말이 없었다.

"……그, 그게 싫어요. 죽고 싶어도 스스로 죽을 힘조차 없게 될 상황이……."

그녀가 무릎을 껴안은 두 팔에 얼굴을 묻었다. 그는 그녀 등 뒤의 숲을 망연히 바라보았다. 갑자기 심한 피로감이 몰려왔다. 그는 낙엽 위에 누웠다.

"거기 좀 누우시오."

그는 그녀의 얼굴을 들게 하기 위하여 목소리를 높였다. 그녀가 고개를 들고 새삼스럽게 숲을 둘러보았다. 그러고는 바스락거리는 마른 잎 소리를 내며 그의 옆에 누웠다. 그는 일어나 낙엽을 긁어모아 그녀의 몸을 덮기 시작했다. 그녀는 눈을 감고 슬픈 얼굴을 풀지 않은 채 꼼짝도 하지 않았다. 그녀의 몸을 다 덮은 후 그는 자신의 몸도 낙엽으로 덮었다. 그는 낙엽의 이불 밖으로 손을 내밀고 그녀의 손을 잡았다. 그리고 둘은 참나무 가지와 잎들에 가려져 있는 하늘을 올려다보았다. 참나무 가지 사이로 햇살이 기둥을 이루며 쏟아져 내렸다. 황금빛 휘장이 온 숲에 드리워져 있었다.

지극히 조용했다. 도심의 차 소리도, 사람 소리도 한 점 들리지 않았다. 시간이 멈춘 듯했다. 나뭇잎 사이로 보이는 하늘도 파랗게 정지해 있었다. 둘은 말없이 그렇게 낙엽에 덮여 손을 잡은 채 숲과 하늘을 올려다보았다. 오래 그렇게 있자 마음이 차차 가라앉았다. 그대로 흙이 된 듯도 하고, 나무가 된 듯도 하고, 잎이 된 듯도 했다. 그저 그렇게 조용히 흙 속으로 꺼져들었으면 좋겠다고 생각했다. 오랜만에 세상은 평화로웠다. 둘은 그런 자세로 누가 먼저라 할 것 없이 잠으로 빠져들었다.

둘이 잠에서 깨어났을 때 숲에는 밤이 찾아와 있었다. 어둠 속을 더듬어 숲을 빠져나오자 푸른 달빛이 길을 비추고 있었다. 사람들로 북적이던 계곡 빈터에는 인기척 하나 없었다. 정자와 누각과 바위는 어둠에 잠겼고, 기와지붕만이 달빛에 빛나고 있었다. 둘은 CCTV를 피해 좁은 숲속 길을 우회하여 애련지에 닿았다가 연못에 비친 달에 끌려 애련정에 올랐다. 온 숲에 내린 푸른 달빛과 하늘에 걸린 달과 연못에 비친 달을 바라보며 둘은 정자의 난간에 앉았다. 갑자기 저 무한한 우주 공간의 한 귀퉁이에서 저 한없는 시간의 변두리를 달빛과 함께 흘러가고 있다는 기분이 들었다. 이 숲의 비밀이 어둠과 달빛 속에 숨겨져 있는 듯했다.

"달에 비하면 인간의 삶이란 얼마나 시시한지…… 제왕의 삶이든 우리네 삶이든……."

그녀가 중얼거리듯이 낮은 목소리로 말했다.

"숙빈 최 씨의 그다음 이야기를 아시오?"

그는 엉뚱한 이야기를 꺼냈다.

"이곳에서 인현왕후의 명복을 빌다가 빈의 자리에 올랐다는 그 무수리 최 씨 말이오."

"그 뒷얘기가 또 있나요?"

"장희빈이 사약을 받아 죽고 인현왕후가 복권이 된 후 숙빈 최 씨는 숙종 임금의 총애를 한 몸에 받았더랍니다. 그러나 그것도 오래가지 못하였는데 그 이유가 재미있소. 온몸에 고약한 부스럼이 나기 시작했다는 거요. 온갖 약으로도 병이 낫지 않자 사람들은 죽은 장희빈의 저주라고 떠들어댔소. 그 고약한 냄새 때문에 임금도 더 이상 찾지 않게 되었고, 달 밝은 밤이면 이 애련정에 나와 설움을 달랬다 하오. 그러던 어느 날 정자 기둥에 기대 잠시 잠이 들었는데 꿈속에 인현왕후가 현신하여 연못물에 목욕을 하면 병이 나을 것이라고 하였다오. 그 즉시 연못에 뛰어들어 몸을 씻자 부스럼이 씻은 듯이 나았고 임금의 사랑도 다시 찾았다는 거요."

"낭만적인 이야기지만 금방 만들어낸 티가 너무 나는군요."

"믿거나 말거나…… 낮에 빠진 아가씨도 지금쯤 지병이 나았을지 누가 아오?"

그가 큭큭 웃었다.

"낫기는커녕 감기 걸리게 생겼던데요."

그녀도 웃었다.

그리고 둘은 한참 동안 말없이 달빛만 바라보고 있었다.

"낫고 안 낫고 그딴 게 무슨 소용이겠소. 이 시간을 우리가 언제 또 만나겠소. 난 이 연못에 목욕을 하고 싶소. 지금…… 같이 하지 않으려오?"

그가 일어서며 진지한 목소리로 말했다.

"……."

그녀는 말이 없었다.

그는 성한 왼손으로 양복 윗도리를 벗고 와이셔츠를 벗고 바지를 벗었다.

"같이 하지 않으려거든 돌아서 있으시오."

그녀는 어둠 속에 석상처럼 서 있었다. 그는 속옷마저 벗고 난간 위에 올라서서 연못으로 뛰어내렸다. 첨벙! 요란한 물소리가 모두 걸 깨뜨렸다 수면 위의 달두, 푸른 달빛도, 숲의 어둠도, 하늘의 달도 흔들렸다. 우주가 한바탕 화들짝 놀라는 느낌이었다. 가을 물의 차가운 기운이 뼛속 깊이 스며들었다. 그는 이를 악물고 머리까지 물속에 넣었다. 온몸이 덜덜 떨렸다.

"나는 무섭소. 이대로 물속으로 사라지고 싶을 만큼 무섭소."

그는 물 위로 고개를 내밀고 악을 썼다. 그녀의 모습은 징자의 어둠에 묻혀 보이지 않았다.

"무섭소. 무서워 죽을 지경이오."

그는 정말 울고 싶었다.

"저도 무서워요."

어둠 속에서 그녀의 목소리만 들려왔다.

"뭐가 무섭소? 지금 물에 뛰어드는 것이, 아니면 우리 병이?"

"둘 다요."

대답과 동시에 물소리가 났다. 우주가 다시 화들짝 놀랐다. 그녀가 어느새 옷을 벗고 연못에 뛰어들었다. 그는 그녀에게로 헤엄쳐 가 물속에 잠긴 그녀의 나신을 안아 올렸다. 그녀의 턱이 추위에 덜덜 떨리고 있었다. 그는 더 세게 그녀를 안았다. 그녀의 몸은 차가웠고 딱딱하게 굳어 있었다.

"두려워하지 말아요."

그녀가 아직도 떨리는 입술로 말했다.

"나는 무섭소. 어디론가 달아나고 싶소."

"그러지 마세요. 저도 무섭지만 그러지 않기로 했어요."

그녀가 그의 얼굴을 한 손으로 쓰다듬으며 속삭였다.

"이 숲의 비밀이 뭔지 알아요?"

"그게 뭐요?"

"사람은 모두 죽는다는 것이에요. 제왕이든 우리같이 지극히 평범한 사람이든 누구나 죽는다는 것이에요."

"그게 무슨 비밀이오? 그건 누구나 다 아는 일 아니오?"

"그래요. 누구나 다 알지요. 그러나 사람들은 천년만년 살 것처럼 살고 있어요."

"……"

"제왕의 비밀스러운 휴식처인 이 숲에서도 권력에 대한 욕망과 암투가 자라나고 있었어요. 하지만 그것들은 다 어디 갔나요? 이제는 모두 다 죽어 없어지고 전설만 남았죠."

그녀의 목소리가 점차 열정을 띠기 시작했다. 그녀의 몸도 따뜻해지고 부드러워졌다.

"우리만큼 순수하게 죽음을 인식하고 마주하고 있는 이가 있겠어요? 그러니 무서워 말아요. 울지도 말고, 화내지도 말고, 스스로 동정하지도 말고……. 그래요. 앞으로 남은 우리 삶이 조금 달라질 뿐이죠. 삶의 형태가 조금 불편해지겠죠. 그것뿐이에요."

그는 물속에서 그녀의 몸을 필사적으로 껴안았다. 그녀의 몸이 한없이 따뜻해서 그는 조금 슬펐다.

물 밖으로 나온 둘은 서로의 성한 손으로 서로의 옷을 입혀주었다. 수면에는 아무 일도 없었다는 듯이 다시 달이 떴다.

돈화문 거리에서 둘은 악수를 하고 헤어졌다.

"살아남아요."

그가 왼손으로 그녀의 오른손을 쥐며 말했다.

"그럴게요. 당신도……."

그녀가 택시를 타고 사라지고 난 후 그는 서로의 이름도 모른다는 사실을 깨달았다.

　　그는 수술이 진행되는 동안 마취 상태에서 깊은 잠에 빠져들기를 소망했다. 며칠 동안 밤만 되면 호흡 곤란 증세를 겪느라 통 잠을 잘 수가 없었다. 수술을 받으면서 푹 잘 수 있겠거니 내심 기대했지만 그는 반수면 상태에서 수술을 받아야만 했다. 이유는 알 수 없었다. 그는 차갑고 딱딱한 수술대 위에 뉘어졌고, 마스크 호흡기로 쉬는 자신의 거친 숨소리를 들었다. 집도의와 보조의가 두런두런 주고받는 소리, 간호사에게 지시하는 소리 등을 들었다. 그중에 가장 신경에 거슬리는 것은 목에서 나는 서걱거리는 소리였다. 그건 분명 그의 목에 구멍을 내느라 살을 베고, 째고 또 바늘로 깁는 소리일 것이다.

그는 반수면 상태에서도 엉덩이와 허리가 아파왔다. 허리에 무엇인가 받쳐놓긴 한 모양인데 아무 소용이 없었다. 정작 찢고 베고 하는 부위보다 엉덩이가 더 아팠다. 엉덩이와 허리의 통증이 한계점에 왔다고 느낄 즈음 의사가 "다 끝났군. 마무리하지" 하는 소릴 들었다. 그는 곧 사람들의 손에 들려 이농용 침대로 옮겨졌는데 오한이 몰려와 부들부들 떨었다. 사람들은 아랑곳하지 않고 기계적으로 그를 들어 옮겼다.

수많은 복도를 돌고 돌아 그는 중환자실의 한쪽 귀퉁이에 처박혀졌다. 그리고 오랫동안 시체처럼 버려졌다. 담당 의사가 새로 난 목의 구멍에 연결된 호흡기를 조절해주고 간 뒤 어느 누구도 그를 찾지 않았다. 분주히 오가는 간호사들도 그를 한 번 쳐다보지도 않았다.

등에서 열기가 올라왔다. 그 열기는 점차 거세지더니 마침내 도무지 참을 수 없는 지경에 이르렀다. 등에 용광로를 지펴놓았음이 분명했다. 거기다 담요가 턱 밑까지 덮여 있었다. 땀이 얼굴에 비 오듯 흘렀다. 그는 호리병에 갇힌 지니처럼 누군가 이 열기로부터 풀어준다면, 등을 뒤집어 물수건으로 닦아준다면, 하다못해 가슴의 담요라도 슬쩍 벗겨준다면 평생의 은인으로 모시리라 다짐했다.

그는 침대 근처를 오가는 간호사들의 주의를 끌기 위해

열심히 눈을 깜박였다. 그는 ALS(일명 루게릭병) 환자였으므로 팔을 들 수도, 다리를 들 수도 없었다. 이제 막 구멍 뚫린 목으로 소리를 내는 건 더구나 불가능했다. 오직 눈을 깜박이는 것만이 그가 세상과 소통할 수 있는 유일한 수단이었다. 그러나 아무도 그의 작은 신호를 알아채는 사람은 없었다. 그는 목이 탔다. 차가운 생수를 한 그릇 벌컥벌컥 들이켤 수 있다면 죽어도 좋을 것 같았다. 그러나 누가 정작 생수를 준대도 마시지 못한다는 사실을 그 자신도 잘 알고 있었다.

그의 입은 이미 연하(삼킴) 기능을 잃고 있었다. 위루술(입을 통하지 않고 가는 호스를 통해 음식물을 위장에 직접 주입할 수 있도록 하는 수술)을 받은 지 벌써 열 달이 다 되어가고 있었다. 즉 음식과 물을 입으로 맛본 지가 열 달이 넘었다는 이야기다. 그쯤 되면 물맛과 음식 맛을 잊을 만도 하건만 맛의 기억은 끈질겼다. 문득 문득 평소 좋아하던 자두를 입안 가득 베어 물고 와삭와삭 씹어 먹고 싶었다. 그 달콤하고 새콤한 과즙이 입안 가득 번졌다가 이윽고 목구멍을 타고 흘러 넘어가리라. 아, 그 맛이란!

그러나 지금은 물을 마시고 싶었다. 얼음이 둥둥 떠 있는 생수 한 잔. 목이 타고 있었다. 등이 불타고 있었다. 불가마를 지펴놓은 듯 뜨거웠다. 땀이 얼굴과 머리에서 흘러내려 베갯잇과 시트를 적셨다. 그는 누군가 자신을 발견해주기를 정말, 거의 기도하는 심정으로 간절히 바랐다. 필사적으로 눈을 깜박이며 침대 옆을 지나는 간호사들과 눈을 맞추려 애썼지만 소용이 없었다. 그녀들은 아무도 그가 아무런 의사 표현 수단을 갖고 있지 않은 루게릭병 환자라는 사실을 알지 못하는 듯했다. 아니면 알고 있다 하더라도 그까짓 일에는 아무런 관심이 없어 보였나.

옆 침대에 누워 있는 계집아이가 "간호사 선생님" 하고 불렀다. 폐 수술을 했다는 초등학생이었다. "왜 그래, 정은아." 근처에 있던 간호사가 아이에게 다가왔다. 그것은 그에게 기적처럼 보였다. 어떻게 저리도 간단하게 사람을 자기에게 오게 할 수 있단 말인가. 그는 계집아이가 부러워졌다. 그리고 분노가 치밀어 올랐다. 자신을 시체처럼 중환자실 한쪽 구석에 내팽개쳐둔 이가 도대체 누구란 말인가. 왜 중환자실엔 보호자를 두지 않는가. 그는 간호사 부르기를 포기하고 점점 분노감에 휩싸여갔다. 내가 왜 이런 말도 안 되는 상황에 처해 있어야 하는지 도무지 이해할 수 없었다. 여전히 등은 불타고 있었고 땀은 계곡수처럼 흘러내렸다.

북국의 어느 산장이다. 눈이 흔한 북유럽의 어느 나라 같지만 분명하지 않다. 온 세상이 흰 눈에 덮여 있다. 눈 덮인 완만한 언덕에 낮은 지붕의 집이 있다. 집 안에는 따뜻한 불빛이 큰 창문을 통해 흘러나온다. 여자들이 집 안에서 웃으며 떠들고 있다. 장소는 집 뒤편으로 이동한다. 뒷마당엔 넓은 테이블이 놓여졌고, 푹신한 의자에 사람들이 말없이 앉아 있다. 잘 아는 친구들 같은데 사람들의 얼굴이 불분명하다. 테이블에는 각종 술잔들이 놓였다. 그는 맥주가 가득 담긴 커다란 크리스털 잔을 든다. 천천히 맥주를 마신다. 목젖이 시리도록 차가운 맛에 그는 기분이 좋아진다. 그는 산 아래에 별빛처럼 깔려 있는 도시의 불빛을 바라보며 맥주 맛을 즐긴다.

갑자기 음악 소리가 들리더니 집 안에 있던 여자들이 어느새 똑같은 유니폼으로 갈아입고 눈밭에 나란히 선다. 그러곤 음악에 맞춰 신나게 춤을 춘다. 춤추는 젊은 여자들은 눈 위에 피어난 꽃과 같이 어여쁘다. 테이블에 앉아 있던 사람들이 일제히 환호하며 일어나 몸을 흔들어댄다. 어떤 사람은 흥에 겨워 춤추는 여자를 안고 눈밭을 뒹군다. 여자가 소리 높여 웃는다.

그는 미친 듯 춤추는 사람들을 멀거니 바라보다 써늘한 한기를 느끼고 옆을 돌아본다. 그의 옆에는 언제 왔는지 누군가 앉아 있다. 검은 옷을 입고 있다. 얼핏 보면 그가 중고등학교 다닐 적에 입었던 일제식 교복 같기도 하다. 그러고 보니 고등학교 동창 중에 유난히 친했지만 자취방 연탄가스

사고로 일찍 세상을 떠난 녀석과 닮아 보인다. 그러나 그것도 불분명하다. 녀석은 싸늘한 냉소를 머금은 채 흥겹게 춤추는 사람들을 바라보고 있다. 그는 녀석에게 특별한 감정이 느껴지지 않는다. 친근감도, 그렇다고 반감도 느껴지지 않는다. 그건 묘한 감정이다. 녀석은 늘 그의 곁에 있은 듯도 하고 갑자기 나타난 낯선 얼굴인 듯도 하다.

"어머, 이 사람 스웨팅 좀 봐!"

열과 땀에 파묻혀 헤매다 그는 거의 혼절하다시피 잠이 들었다. 간호사의 호들갑스런 외침에 그는 잠에서 깼다. 그러나 눈이 떠지지 않았다. 주위의 간호사들이 모여 웅성거리는 소릴 들었다.

"이런 심한 스웨팅은 처음 봐."

"베개와 시트가 흠뻑 젖었어. 갈아야겠어요."

'쌍년들, 스웨팅이라니. 그냥 땀을 엄청 흘렸다고 하면 어디가 덧나나.' 그는 정작 고통 속을 헤맬 땐 모르는 척하다가 남의 귀한 잠을 깨우며 호들갑을 떠는 게 얄미워 욕을 해댔다. 곧 담당 의사가 달려왔다. 혈압과 혈당을 재고 피검사를 해야 한다며 또 피를 뽑았다. 무슨 놈의 피를 그리도 자주 뽑아 가는지 이러다가 빈혈에 걸리지 않나 걱정될 정도였다. 더구나 근육이 메말라버린 손과 팔에서 혈관을 찾기가 힘들어 어설픈 간호사를 만나면 여러 번 주사바늘에 찔리는 곤욕을 치러야 했다.

그러나 '스웨팅' 소동으로 화나는 일만 있었던 건 아니었다. 무엇보다 기쁜 일은 그들이 시트를 갈면서 그를 옆으로 돌려 눕혀주었다는 사실이었다. 거기다 환자복 안으로 손을 넣어 차가운 물수건으로 그의 등을 닦아주었다는 것이었다. 누군지 모르지만 그녀의 손이 등을 어루만질 때 그는 거의 울 뻔했다. 시원하면서도 서러웠다. 스스로 몸을 뒤채지도 못하는 자신이 서러웠다. 시트를 갈고 다시 똑바로 눕혀지자 그는 안락함 속에서 다시 잠이 들었다. 잠 속에서 여러 잡다한 꿈을 꾸었다.

그는 군인이다. 장교다. 카키색 제복과 긴 코트를 걸치고 멋진 장교모를 쓰고 있다. 어깨에는 계급장이 빛난다. 그는 혼자 말을 타고 부대 근처의 언덕 위에 서 있다. 언덕의 비탈엔 녹다 만 잔설이 군데군데 보인다. 그는 천천히 말을 몰아 비탈과 비탈 사이에 있는 작은 분지로 내려간다. 분지에는 아직 눈이 하얗게 쌓여 있다. 그는 눈 위에 말 발자국을 남기며 음미하듯 몹시 느리게 분지를 가로질러 간다.

분지가 끝나는 지점에서 다시 비탈이 시작된다. 그는 능숙하게 말을 몰아 경사면의 가운데에 이르러 말을 멈추고 내린다. 눈앞에는 키 낮은 소나무들이 드문드문 서 있고, 멀리 긴 강이 야산들 사이를 뱀처럼 꾸불거리며 흘러간다. 그는 크게 심호흡을 하고 말의 목덜미를 두드려준다. 비탈의 왼편에는 참나무 숲이 있다. 겨울인데도 참나무 잎이 무성하다. 그는 그 사실을 전혀 저항감 없이 받아들인다. 참나무 숲 사이로 가파른 길이 나 있다. 언덕을 최단거리로 오를 수 있는 길이다. 그 길은 부대의 사령부와 통하는 길이다.

어찌된 일인지 그는 다시 언덕 위에 서 있다. 여전히 군인이고 장교이고 말을 타고 있다. 그러나 이번엔 혼자가 아니다. 그의 옆에는 다른 장교가 역시 말을 타고 있다. 친한 사이가 아니다. 사령부에서 나온 장교다. 계절도 겨울이 아니다. 분지에는 억새가 한 길 넘게 자라 있다. 그러나 가을 같지는 않다. 계절이 불분명하다. 둘은 앞뒤로 말을 몰아 비탈을 내려와 분지로 향한다. 분지의 억새밭에는 아주 작은 길이 나 있다. 그가 앞서가고 사령부의 장교는 뒤따른다. 그는 말이 없고, 수다스러울 정도로 떠들어대는 건 사령부의 장교다. 그는 억새밭의 풍광을 즐기고 싶었으므로 조금 성가시다 생각한다.

그 장교의 이야기는 분지를 벗어나 비탈에 이르도록 계속된다. 비탈면에는 억새가 우거져 있다. 참나무 숲은 여전히 푸르다. 그 장교의 주된 화제는 사령부에 같이 근무하는 또 다른 장교에 대한 것이다. 사령부의 장교는 자기의 동료가 얼마나 멋진 놈인지 예를 들어 설명하느라 입에 침이 마른다. 그는 말안장에서 수통을 꺼내 마신다. 시원하다. 그는 몇 모금 더 벌컥벌컥 마시곤 수통을 장교에게 건넨다. 장교는 가벼운 손짓으로 사양하곤 이야기에 더욱 열을 올린다.

"여기서 윤 대위의 고등학교 동기분을 만날 줄이야. 돌아가면 윤 대위에게 자랑해야겠습니다."

장교가 그토록 열성적으로 칭찬해 마지않는 화제 속의 주인공은 그도 아는 사람이다. 특수 병과라 늘 검은 군복을 차려입은 그의 모습이 기억난다. 그가 고등학교 동기인지는 확실하지 않다. 아무튼 아는 인물임에는 틀림없다.

돌아가야 할 시간이다. 둘은 숲길로 언덕을 오르기로 한다. 숲에 들어서자 세찬 바람이 분다. 놀란 말이 뛰기 시작한다. 말이 뛸수록 바람은 더 거세진다. 머리 위 하늘에는 참나무 가지와 잎들이 맹렬히 흔들린다. 말이 뒷바람을 받아 가파른 길을 거침없이 뛰어오른다. 한데 바람을 일으키는 것이 바로 참나무의 가지와 잎인 것을 깨닫는다. 가지와 잎들이 머리 위 하늘을 흔들며 바람을 일으키고 있다. 잎들이 웃는다. 가지에 참나무의 요정이 매달려 웃고 있다. 요염한 웃음이다. 요정은 왕방울만 한 눈을 요염하게 뜨고 그를 내려다보며 웃고 있다. 굴밤으로 된 거대한 가슴과 엉덩이가 몹시 관능적이다. 요정은 가지를 흔들어대며 바람 소리로 웃는다.

"아저씨, 아저씨. 눈 떠봐요."

누군가 그를 깨웠다. 간호사였다. 의식은 깨었지만 눈을 뜰 수가 없다. 얼마나 잤는지 알 수가 없다. 밤인지 낮인지도 모르겠다.

"김완생 씨가 아저씨 성함이 맞나요? 맞으면 손 올려봐요. 자자, 눈 떠봐요."

'쌍년—.' 그는 눈을 뜨지 못한 채 속으로 욕지거리를 내뱉었다. 손을 들라니. 간호사는 분명 환자가 어떤 상태인지 파악하지 못하고 있었다. '손을 들 수 있으면 내가 여기서 이러고 있겠냐, 이년아.' 그는 죄 없는 간호사에게 화풀이를 했다. 눈을 뜨고 싶었지만 그럴 수가 없었다. 그는 다시 깊은 잠에 빠졌다.

다시 잠에서 깬 건 누군가 큰 소리로 누군가를 부르는 소리 때문이었다.

"순아야, 창식아. 얼푼 집에 데리다 다구. 집에 가자."

"할머니, 여기 병원이에요. 방금 수술받고 올라오신 거 기억 안 나세요?"

"식아, 창식아. 내는 모리는 사람 집에 몬 잔데이. 우리 집에 가자."

"할머니, 일어나시면 안 돼요. 치료를 잘 받아야 빨리 집에 가시죠."

할머니는 막무가내로 고래고래 고함을 질러대고 간호사도 지지 않고 대거리를 해댔다. 중환자실이 갑자기 시장판처럼 시끄러워졌다. 거기다 다른 쪽에선 "아아아아!" 하는 신음 소리가 간헐적으로 들려왔다. 의식불명의 환자가 내지르는 소리였다.

"할아버지, 이 줄을 왜 푸셨어요. 자꾸 이러시면 집에 안 보내드릴 거예요."

간호사가 탱탱하게 혼을 내는 소리도 들렸다.

그는 처음으로 눈을 떴다. 제일 먼저 눈에 들어온 건 천장이었다. 아무도 그가 눈을 뜬 것을 알아챈 이가 없었다. 아까 그렇게 눈을 뜨라고 채근을 하던 간호사도 그에게 다가올 기미가 없었다. 그가 자는 동안 교대를 했는지도 모른다. 여전히 그는 버려져 있었다. 그는 눈을 뜨고도 할 수 있는 게 아무것도 없었다. 그는 천장을 관찰하기로 했다.

천장은 알루미늄 새시에 석고보드가 일정한 크기의 정방형을 이루며 연속되어 있었다. 석고보드엔 무작위의 무늬가 찍혀 있었다. 그는 그 무늬를 어떻게 만드는지 궁금했다. 자세히 살펴보면 각 판마다 비슷하기는 하지만 똑같은 무늬는 없었다. 무늬를 오랫동안 바라보자 놀라운 현상이 일어났다. 작은 무늬들이 모여서 다양한 사람 얼굴 모양을 이루고 있었다. 물론 우연의 결과겠지만 우연이라서 오히려 놀라웠다.

그는 각각의 보드에서 얼굴을 찾는 작업에 몰두했다. 아그리파상, 중국집 사장님, 리암 니슨, 임꺽정, 프랑스 여자, 마릴린 먼로 등등……. 완전하지는 않지만 보는 사람의 관점에 따라 그렇다고 우기면 충분히 개연성을 가지는 얼굴이었다. 그는 새로운 얼굴을 찾을 때마다 희열을 느꼈다. 이 세상 그 누구도 모르는 비밀을 간직한 기분이었다. 그는 더욱 열심히 얼굴 찾기에 매달렸다.

그가 20여 명의 얼굴을 찾을 때까지 그를 찾는 얼굴은 없었다. 그는 다시 잠이 들었다.

소풍날이다. 진주 남강변이다. 송림에서 반별 장기자랑이 한창이다. 그는 인솔 교사다. 그와 선생들은 아이들이 앉아 있는 뒤편에 서서 아이들의 공연을 구경하고 있다. 같이 서 있는 교사들 중에서 그는 검은 옷을 입고 있는 녀석을 발견한다. 녀석은 여전히 구식 교복 같은 옷을 입고 있다. 녀석은 신나게 놀고 있는 아이들을 비웃는 듯한 표정으로 바라본다. 갑자기 사회 보는 아이가 그 녀석을 지목하여 임시 무대로 나오기를 청한다. 학생들의 차례 중간에 선생님들 순서를 넣어 흥을 돋우려는 의도로 보인다. 그는 녀석을 돌아본다. 녀석의 얼굴이 백짓장처럼 허옇게 변하더니만 강가 모래밭을 향해 냅다 달리기 시작한다. 그는 영문을 몰라 어리둥절히 서 있다. 녀석이 달리자 모든 아이들이 일제히 일어나 녀석을 따라 뛰기 시작한다. 그제야 당황한 선생들이 황급히 아이들을 쫓아간다.

녀석은 강가에 서서 뒤따라오는 아이들을 향해 돌아가라는 손짓을 한다. 그러나 아이들은 모래밭을 가로질러 얕은 물가를 점령한다. 곧 아이들의 물장난이 펼쳐진다. 선생들은 아이들을 물 밖으로 쫓아내기 바쁘다. 녀석은 그가 다가가자 돌아보며 씩 웃어 보인다. 그냥 웃는 게 아니고 의도적으로 웃어 보이는 웃음이다. 그렇다고 상대방을 깔보는 의도는 아닌 것 같고, 더구나 따뜻한 의도는 더욱 아니다. 굳이 말하자면 '그것 봐! 어쩔 수 없잖아' 하는 그런 웃음이다.

녀석은 그의 곁으로 다가서더니 말없이 강의 건너편을 손으로 가리킨다. 건너편은 절벽 아래로 물살이 세차게 흐르는 곳이다. 녀석이 옷을 입은 채로 물에 뛰어들어 강의 건너편을 향해 헤엄치기 시작한다. 따라올 테면 따라와보라는 태도다. 그도 물로 뛰어든다. 등 뒤에서 아이들의 환호성이 터져 나온다. 호승심이 들끓어 오른다. 그는 녀석을 따라잡기 위해 필사적으로 헤엄친다. 절벽 쪽으로 갈수록 물살이 세어진다. 그는 물살에 적당히 몸을 맡기고 사선으로 헤엄친다. 녀석과의 거리가 가까워진다. 절벽 아래 바위엔 거의 동시에 닿는다. 되돌아오는 길에서 그는 기어코 녀석을 앞지른다. 환호성이 더욱 높아진다.

강변에 도착하자마자 그는 모래밭에 쓰러진다. 곧이어 녀석이 그의 곁에 쓰러져 눕는다. 둘의 헉헉대는 숨소리가 한동안 계속된다. 아이들이 몰려와 둘을 둘러싸고 박수를 치고 괴성을 질러댄다. 그중에는 그의 몸을 찔러대는 놈도 있다. 그는 하늘을 올려다본다. 하늘에는 강렬한 태양이 떠 있다. 그리고 아이들의 실루엣. 녀석이 낄낄대며 웃기 시작한다. 녀석의 웃음소리를 듣자 그는 이 모든 게 부질없다는 무력감에 사로잡힌다. 녀석의 웃음소리는 점점 높아만 간다.

"넌 그걸 변명이라고 하고 있니?"

높고 날카로운 여자 목소리가 그의 잠을 깨웠다. 그의 침대 앞에 간호사 둘이 서 있었다. 고참 선배가 후배를 꾸짖고 있는 중이었다. 고참의 격앙된 목소리로 보아 후배 간호사가 뭘 단단히 잘못한 모양이었다.

"여기 처방전에 이 약을 신청하라고 돼 있잖아. 그럼 약국에 전화해서 약을 올려야 할 것 아냐? 투약 시간이 다 됐는데 여태 뭘 하고 있었어?"

"다른 환자 보느라⋯⋯."

"너만 다른 환자 보니? 인수인계 때 도대체 뭘 한 거야?"

"⋯⋯."

"인수인계 때 잘못 들었으면 차트라도 열심히 챙겨 봐야 하는 거 아냐?"

"⋯⋯."

"너도 참 답답하다. 김○○ 선생, 내가 김 선생한테 괜한 트집 잡는 것 같아?"

"아닙니다."

"여기 이건 실시했어?"

고참이 볼펜으로 차트를 두드렸다.

"아직⋯⋯."

"참 까무러치시겠네. 대체 지금까지 한 게 뭐니?"

"죄송합니다."

"이게 나한테 죄송할 문제가 아니잖아. 제발 김 선생아, 빠릿빠릿하게 좀 움직이자. 이번이 몇 번째야. 후배들 보기 부끄럽지도 않아?"

고참은 후배를 왕창 깨놓고 제 갈 길로 가버리고, 왕창 깨진 후배는 잠시 차트를 만지작거리더니 당직실로 들어가버렸다.

중환자실에 온 지 얼마나 시간이 흘렀는지 알 수 없었다.

아니 며칠이 지났는지도 모른다. 아내와 친구 부부가 면회 온 게 언제였더라. 정말 그들이 왔던 걸까. 그는 그게 실제였는지 잡다한 꿈의 기억인지 알 수 없었다. 그는 손과 팔이 얼음장처럼 차가워서 못 견딜 지경이었다. 게다가 오랜 시간 동안 같은 자세를 유지하다 보니 팔이 저렸다. 이상한 노릇이었다. 몸통은 열로 펄펄 끓는데 손과 팔이 이렇게 차가울 수 있다니.

그는 간호사가 지나가기를 기다렸다. 이윽고 아까 왕창 깨졌던 간호사가 나타나 기계의 수치를 점검하고 차트를 들여다보았다. 그는 최대한 눈을 빨리 깜박이며 그녀와 눈을 마주치길 갈망했으나, 그녀는 환자와는 눈을 마주쳐서는 안 된다는 철칙이라도 세운 사람처럼 절대로 환자를 쳐다보지 않았다. 그는 눈을 깜박이는 것으로 그녀의 시선을 끈다는 것은 불가능하다는 사실을 깨달았다. 시급히 다른 방법을 강구할 수밖에 없었다. 그러나 마땅한 방법이 없었다. 나는 지금 불편한 데가 있으니 한번 살펴봐주쇼. 이 지극히 간단한 의사 전달을 위해 그는 고심에 고심을 거듭했다.

그 고심의 끝에서 그는 기막힌 묘수를 떠올렸다. 지금 남아 있는 최후의 수단은 이를 갈아서 소리를 내는 것이었다. 그는 속으로 쾌재를 불렀다. 이 방법을 왜 진즉에 생각하지 못했을까. 그는 아직도 자신에게 그런 강력한 의사 표현 수단이 남아 있음에 감사하고 싶어졌다.

그가 이를 빠닥빠닥 간다. 그 소리를 듣고 간호사가 달려
온다.

"김완생 환자 분 어디가 불편하세요?"

그녀는 그와 마침내 '눈을 맞추고' 이렇게 묻는다. 그러면
그는 급박하게 눈을 깜박여 사태의 심각성을 알린다. 그녀
가 다시 묻는다.

"자, 제가 말하는 곳이 불편하면 눈을 깜박이세요. 할 수
있겠죠?"

그는 눈을 깜박여 보인다.

"자, 시작합니다. 머리, 목, 어깨, 가슴, 팔⋯⋯."

'팔'에서 그는 눈을 여러 번 깜짝인다.

"아, 팔이 저리나요?"

그녀는 따뜻한 손으로 그의 차가운 손과 팔을 주물러준다.

그가 기대했던 시나리오는 이랬다. 꼭 같진 않다 하더라
도 반만 비슷하기를 기대했다. 그는 이를 힘차게 빠드득, 갈
았다. 드디어 그녀가 반응을 보였다. 하던 일을 멈추고 그에
게 다가왔다. 그리고 이렇게 물었다.

"어디 아파요?"

'옳지.' 그는 일이 자신의 의도대로 풀려나가리란 예감에
기뻤다. 눈을 급하게 깜박였다.

"어디가?"

그녀의 목소리가 갑자기 변했다. 흡사 그녀가 아까 자기를 혼내던 고참 선배의 목소리를 흉내 내는 줄 알았다. 그것으로 대화는 끝이었다. '씨발년!' 그는 그년을 진심으로 증오했다. 그건 인간에 대한 예의가 아니었다. 말 못 하는 짐승에게도 그런 식으로 묻진 않는다. 앓는 개에게 '마! 어디 아퍼?' 하고 버럭 소리를 지른다면 온전한 정신을 지닌 년이라 할 수 없다. 하물며 말 못 하는 사람에게 그런다는 것은 상대방에 대한 중대한 인격 모독이며 아울러 명예훼손 행위다. 더구나 의료인이 환자에게 그런 행위를 한다는 것은 심각한 의료법 위반이며 나아가 헌법 위반이다. 능력 없는 것들이 불친절하다. 그 말은 진리였다. 그런 말이 있었는지는 잘 모르겠지만 그 말이 맞다고 그는 생각했다. 훗날 어느 길거리에서 그녀를 만난다면 꼭 따져 묻고 싶었다. '당신, 그때 나한테 왜 그랬어?' 그런데 그런 일이 일어날 수 있을까. 그녀를 길거리에서 마주칠 확률의 문제가 아니라 그가 길거리를 활보할 수 있는 몸으로 돌아갈 수 있느냐 하는 문제였다.

그는 다시 버려졌다. 혈압과 혈당을 재는 새끼 간호사도 오지 않았다. 근무 시간에 꼭 한 번 중환자실 전체를 돌면서 환자들의 등을 쳐주는 초보 간호사도 오지 않았다. 그래 봤자 몸을 돌려놓고 등을 두어 번 두드려주는 게 전부였지만 지금은 그 손길마저 아쉬웠다.

그는 목이 탔다. 사이다. 거품이 보글거리는 사이다에 얼음 조각을 동동 띄워 한입 가득 마실 수 있다면……. 사이다보다는 동치미 국물이 낫겠다. 살얼음이 버석거리는 동치미를 한 대접 쭈욱 들이켤 수 있다면 죽어도 여한이 없을 것 같았다. 그런 생각을 하자 더욱 목이 말랐다. 아까 그 깨진 간호사가 동치미 국물을 한 사발 들고 와 화해를 청한다면 그년의 극악무도한 만행도 다 용서해줄 것 같았다. 물론 가져와도 마시진 못하겠지만 바라볼 수 있는 것만 해도 어디겠는가. 그러나 그럴 가능성은 제로였다. 그년은 동치미가 뭔지도 모를 것이다. 능력 없는 것들은 반성하지 않는다. 이 말도 진리 같다.

그는 천장에서 인물상들을 찾기 시작했다. 아그리파, 중국집 사장님, 리암 니슨, 마릴린 먼로, 임꺽정 등은 제자리에 잘 계셨다. 그는 갈증을 잊기 위해 새로운 인물 찾기에 나섰다.

무술대회가 열린 곳이다. 무슨 행사의 일환인 것 같은데 행사 성격은 알 수 없다. 그는 여러 명과 함께 도복을 입고 열을 맞춰 서 있다. 그의 앞줄에 녀석이 있다. 녀석은 유별나게 혼자만 검은 도복을 입었다. 여러 명이 동작을 맞추는 품

새 시범을 보이는 중이다. 모두 완벽하게 품새 동작을 해낸다. 그는 한 번도 무술을 배운 적이 없다. 그런데도 품새를 훌륭하게 소화해낸다. 관중의 열렬한 환호와 박수를 받으며 무대를 내려온다. 대기실 비슷하게 생긴 곳에서 옷을 갈아입는다.

아까부터 녀석을 못마땅한 눈빛으로 힐끗기리던 인상이 험한 젊은 친구가 녀석에게 시비를 건다. 그의 벗은 상반신엔 문신이 가득하다. 등엔 거대한 쌍룡 커플이 얽혀 있다. '혼자 검은 도복 입으니 기분이 째지쇼?' 쌍룡의 얼굴에는 비웃음이 가득하다. 녀석은 그러거나 말거나 쌍룡에겐 눈길 한 번 주지 않는다. 갑자기 쌍룡이 벗었던 도복을 녀석에게 획 던진다. 졸지에 도복을 둘러쓴 녀석은 천천히 일어서더니 쌍룡의 도복을 차근차근 갠다. 그러곤 얌전히 개어진 도복을 들고 쌍룡에게 걸어가 정중한 태도로 내민다. 쌍룡의 얼굴이 시뻘겋게 변한다. '이 자식이 누굴 놀리나?' 쌍룡이 용처럼 솟구쳐 오르더니 녀석에게 앞차기를 한다. 그런데 다음 순간 나가떨어진 것은 쌍룡이다. 녀석이 어떻게 했는지는 보이지도 않는다. 아무튼 녀석이 꿈틀했는가 싶은데 쌍룡은 이미 개구리처럼 바닥에 엎어져 있다.

잠시 후 정신을 차린 쌍룡이 황급히 옷을 주워 입고 대기실을 빠져나간다. 출입문께에서 쌍룡이 녀석을 뒤돌아보며 씹어뱉듯 말한다. '어디 두고 보자. 여기 꼼짝 말고 기다려.' 쌍룡이 사라지고 나자 옆에 있던 나이 지긋한 아저씨가 '저 놈이 이 동네에서 아주 악질 깡패요. 자기 패거리 몰고 오기 전에 빨리 피하슈'라면서 그 건물의 옥상으로 몸을 숨기라고 친절히 알려준다. 그는 녀석과 옥상으로 올라간다. 일은 녀석이 저질렀는데 자신이 왜 함께 숨어야 하는지 이해가 안 되지만 꼭 그래야 될 것 같다. 옥상에서 내려다보니 과연 패거리를 몰고 건물 안으로 우르르 몰려들어 오더니 잠시 후 다시 몰려나오는 게 보인다. 패거리들은 건물 앞에서 한참을 서성거리더니 그중 두목으로 보이는 자가 쌍룡을 무자비하게 패기 시작한다. 아마 일반인에게 병신처럼 맞고 다니는 데 대한 응징인 듯하다.

둘은 고소를 머금으며 뒤돌아섰는데 옥상이 어느새 풀장으로 변해 있다. 굉장히 넓은 풀장이다. 건너편이 아득해 보인다. 둘은 동지처럼 나란히 물을 헤치며 건너편으로 향한다. 그는 녀석과 동행하게 된 게 자기의 의지는 아니지만 이미 돌이킬 수 없는 길로 들어선 느낌이다. 가슴까지 차는 물을 헤치고 가면서 그는 녀석이 꽤 친숙하다는 생각이 든다. 그러나 녀석과 친해지고 싶은 생각은 아직 없다.

풀장을 빠져나오자 끝없는 풀밭이 펼쳐진다. 녀석은 이곳 지리에 익숙한 듯 풀밭의 어느 방향을 향해 망설임 없이 걷는다. 그는 분명 처음 와보는 곳이다. 그런데 아주 오래전에 와본 것 같은 기시감이 든다. 아주아주 오래전에, 어쩌면 그가 태어나기도 전에 와본 느낌이다. 풀밭이 끝나자 이번엔 가없는 꽃밭이다. 꽃의 생김새가 조금 이상하다. 줄기가 그의 키보다 높이 자라 있다. 전체적인 모양은 코스모스와 비슷하다. 줄기가 가늘고, 밀생하고 있다. 꽃봉오리가 단단해 보인다. 꽃잎은 아주 파란색이고 원추형이다. 꽃밭 사이로 하얀 길이 나 있다. 그와 녀석은 모래로 된 하얀 길을 걷는다. 꽃의 키가 커 숲에 들어선 듯하다.

녀석이 어디선가 자전거를 구해 온다. 앞에 그가 타고 녀석이 안장에 앉아 자전거를 몬다. 자전거에 앉자 끝없이 펼쳐진 꽃들의 파란색 물결이 한눈에 들어온다. 세상이 온통 파란색 물결이다. 녀석은 자전거를 신나게 몰아댄다. 꽃잎들이 그의 얼굴과 팔에 와 부딪친다. 투두둑 부딪치는 그 촉감이 아주 좋다.

그는 어느새 어린 소녀로 변해 있다. 소녀는 자전거 앞 지지대에 모로 앉아 양팔을 벌려 꽃잎들의 촉감을 한껏 즐기고 있다. 자전거는 하얀 길을 씽씽 달린다. 꽃길은 끝없이 계속된다. 갑자기 길은 완만한 내리막길로 변하고 자전거의 속도가 줄어든다. 꽃길이 끝나고 간이 농구장이 나타난다. 소년들이 농구를 하다가 소녀를 발견하고 휘파람을 불어댄다. 자전거는 멈추지 않고 농구장을 지나쳐 거리로 나선다. 거리로 나서는 순간 소녀는 사라지고 그로 되돌아온다. 그는 자신으로 돌아온 게 슬프고 서운하다.

녀석과 거리의 인도를 걷는다. 시가지가 이상하다. 거리에 다니는 사람이 없다. 건물들이 우중충하고 거의가 회색으로 칠해져 있다. 폭격이라도 맞은 듯 군데군데 무너진 건물도 보인다. 버려진 도시 같다. 도무지 사람이 사는 도시 같지 않다. 녀석을 따라 지하도를 내려갔을 때 그는 극심한 공포를 느낀다. 거리에 보이지 않던 사람들이 거기 다 모여 있다. 모두 다 험악한 인상들이다. 그가 지나가자 슬금슬금 옆으로 다가와 잡으려 한다. 그때마다 녀석이 뒤돌아보자 녀석의 눈치를 보며 물러선다. 지하도가 끝도 없이 길다. 그는 조마조마하다. 총총걸음으로 녀석의 뒤를 따른다.

"이제 정신이 좀 듭니까?"

의사가 물었다. 그는 눈을 깜박였다. 회진 시간인 모양이었다. 여전히 낮인지 밤인지 알 수 없었다. 의사 등 뒤에 수행 의사와 간호사들이 몰려서 있었다.

"고비는 넘긴 것 같군. 전해질 상태는 어때?"

의사가 뒤를 돌아보며 젊은 의사에게 물었다.

"위험한 상태는 벗어났습니다만 아직 완전한 상태는 아닙니다."

"좀 더 지켜보도록 하고…… 이봐요, 김완생 씨. 당신 아주 위험했어요. 투석까지 고려할 만큼 심각했어요. 어깨에서 폐까지 장침을 꽂는 시술을 했는데 기억납니까?"

그는 고개를 흔들어 보였다. 그런 기억이 전혀 없었다.

"계속 의식이 왔다 갔다 했으니 기억 못 할 겁니다."

나이 먹은 간호사가 거들었다. 그는 잠을 잔 거라 생각했던 게 실은 의식을 잃은 거라는 사실이 이상하게 느껴졌다. 그런데 그따위 것들 아무래도 좋았다. 당장 처리해야 할 시급한 일이 발생했다. 차고 있던 성인용 기저귀가 거북했다. 자는 사이 대변을 본 것이었다.

"상태가 많이 호전됐으니 마음 편하게 먹고 치료에 전념하세요."

의사는 의례적인 인사말을 남기고 무리를 이끌고 가버렸다. 그는 다시 혼자 남았다. 그는 기저귀를 갈아줄 간호사를 기다렸지만 곧 그게 부질없다는 것을 깨달았다. 간호사가 온들 무슨 수로 기저귀의 상태를 알릴 것인가. 그저 처분에 맡기는 수밖에 없었다. 그는 목이 탔다. 다시 얼음물 생각이 간절해졌다. 누군가 담요를 턱 밑까지 덮어놓았다. 덥다. 누군가 와주길 바랐지만 아무도 오지 않았다. '야, 이년들아. 기저귀까진 바라지도 않으마. 제발 이 담요만이라도 좀 벗

겨다오. 내가 어려운 부탁을 하는 것도 아니지 않느냐. 지나
가다 슬쩍 벗겨주고 가는 것. 하품하는 것보다 쉽지 않느냐.'
그는 아무도 들을 수 없는 하소연을 해댔다. 다 쓸데없는 소
리였다. 그가 주체적으로 할 수 있는 것은 아무것도 없었다.
천장을 쳐다보는 일만 그에게 남았다.

"김 다니엘 씬가요?"

누군가 그의 세례명을 불렀다. 웬 수녀가 머리맡에 서 있
었다. 그는 눈을 깜박였다. 수녀가 어떻게 자신의 본명을 알
고 있는지 궁금했다. 종교의 힘은 위대했다. 발병 후에 이사
한 동네에 있는 성당으로 적을 옮겨두긴 했지만 한 번도 미
사에 참여해본 적이 없었다. 그런데도 길 잃은 어린 양을 잊
지 않고 이렇게 구원의 손길을 내미셨단 말인가.

발병 초기에는 불에 덴 놈같이 허겁지겁 주님을 찾았고,
어느 때보다 간절한 기도를 올렸다. 주님은 그런 허접한 기
도를 들어주실 의향이 애초에 없으셨는지 병은 급속도로 악
화되었다. 병세가 깊어지면서 그의 기도 내용이 바뀌었다.
'전지전능하신 주님 찬양 받으소서. 오늘 주님 앞에 엎드린
이 죄인의 죄를 용서하시고 이 고통을 끝내주소서. 부디 한
시바삐 이 고통을 끝내고 주님 품 안에 들 수 있도록 역사하
여 주시옵소서. 부디 이 천한 목숨을 거두어주소서. 예수 그
리스도의 이름으로 간절히 기도드리옵니다. 아멘.' 그러나

그 기도마저 '우리 주님'께서는 들어줄 징조를 보이지 않으셨다. 그런 버려진 양에게 이 무슨 갑작스럽고 황감한 은총이란 말인가.

수녀는 우선 조그만 병에 든 성수를 그의 몸에 뿌렸다.

"사탄아, 물러가라. 사탄아, 물러가라."

그는 수녀의 위협적인 그 말을 들으며 참 다행이라 생각했다. 자신이 소리를 낼 수 없다는 사실이 다행이었다. 그렇지 않았다면 그는 그 순간 크게 소리 내어 웃고 말았을 것이다. 이 병이 과연 사탄의 못된 소행일까, 아니면 '우리 주님'이 내리신 형벌일까.

그는 나이 사십에 좋은 직장을 팽개치고 목회자의 길을 선택한, 아니, 자기 말로는 선택의 은혜를 입은 어느 선배를 떠올렸다. 언젠가 그 선배와 오랜만에 통화를 할 기회가 있었다. 선배가 물었다.

"그래, 요즘 어떻게 지내냐?"

"늘 사탄의 유혹에 빠져 살지요, 뭐."

친했던 선배의 안부 인사에 그는 웃으며 답했다. 딴에는 목자의 길을 걷는 선배에 대한 맞춤형 농담이었다. 한데 그 다음 선배의 말이 걸작이었다.

"아니, 그게 말이야 막걸리야. 사탄의 유혹이라니. 니가 바로 사탄인 걸 아직도 깨닫지 못하였느뇨?"

선배도 농담조였지만 그 말에는 뒤통수를 치는 뭔가가 있었다. 선배의 논리대로라면 지금 수녀의 말은 그더러 물러가란 소리였다. '이만큼 물러났음 됐지, 또 어디로 물러나라 하심이뇨.' 그는 자꾸만 웃음이 났다.

주기도문과 사도신경, 성모송, 병자를 위한 기도문까지 다 마친 수녀는 그에게 신앙상의 당부를 아끼지 않았다.

"주님께서는 스스로 돕는 이를 돕는다 하셨습니다. 다니엘 형제분도 모쪼록 굳센 의지로 투병 생활 해나가면서 우리 주님께 역사의 손길을 기원하시면 반드시 거룩한 손길로 어루만져주시리라 믿습니다. 아내 되시는 아멜리따 자매님에게도 주님의 은총이 답지하리라 믿습니다."

그는 그제야 수녀의 뜻밖의 방문이 아내의 신청에 따른 것임을 깨달았다. 수녀의 간절한 기도에도 "사탄아, 물러가라"고 외치던 장면이 생각나 그는 자꾸 웃음이 나왔다. 어느 시인의 시 한 구절이 떠올랐다. "……어둠을 짖는 개는 나를 쫓는 것일 게다……."

"김완생 씨, 상태가 예상보다 많이 좋아졌습니다."

수녀의 간절한 기도 덕분이었을까. 오전에 회진을 온 의사가 모처럼 기분 좋은 소릴 했다.

"저녁 6시에 보호자 면담이 잡혀 있으니 면담 끝나는 대로 병실로 올라가도록 합시다."

의사는 뒷말을 고참 간호사를 돌아보며 했다. 그는 상태가 좋아졌다는 말보다 중환자실을 벗어날 수 있다는 소리가 더 반가웠다. 아침 8시에 면회를 온 아내가 의사와 면담 후에 병실로 가는 절차를 신속히 처리해주기를 바랐다.

의사가 다녀간 뒤부터 잠이 오지 않았다. 새끼 간호사 둘이 몸을 뒤집어주러 왔다가 드디어 기저귀의 이상 상태를 발견했다. 그러나 그 시점은 그가 큰 볼일을 두 번이나 보고도 한참이 지났을 때였다. 그래도 몇 시간 뒤에는 병실로 간다는 기쁨에 비하면 그까짓 것은 아무것도 아니었다. 그는 새 기저귀의 뽀송뽀송한 감촉을 한껏 즐기며 다시 잠이 들었다.

자다 깨었는데 고향집 안방이다. 검은 제복을 입은 녀석이 앉은뱅이책상에 앉아 열심히 책을 읽고 있다. 스탠드 전등의 노란 불빛을 받아 녀석의 실루엣이 도드라져 보인다. 방 한구석엔 못 보던 책장 두 짝이 나란히 서 있다. 책이 빽빽이 꽂혀 있다. 그는 녀석이 조금 더 친근하게 느껴진다. 그러나 먼저 말을 붙이기는 싫다.

밖에서 빗소리가 들린다. 그는 방문을 열고 청마루로 나선다. 누군가 우장을 걸치고 마당을 가로질러 삽짝으로 향하고 있다. 뒷모습만 보여 누군지 알 수 없다. 마당에는 여름 장맛비가 장하게 내린다. 마당 앞의 넓은 채마밭에는 꽃이 다 진 작약이 무성히 자라 있다. 크고 질겨 보이는 잎들이 빗방울에 몸을 퉁퉁 흔들고 있다. 그는 우산을 찾아 쓰고 장독대 앞에 선다. 장독대 앞에는 우물이 있다. 나무로 된 우물 지붕이 낡았다. 목이 마르다. 물을 긷기 위해 두레박을 찾았으나 보이지 않는다.

장독대 옆에서 삽짝까지 돌담이 길게 뻗어 있다. 돌담 너머엔 작약밭보다 훨씬 넓은 남새밭이 있다. 밭에는 여러 가지 작물이 보인다. 돌담을 따라 긴 밭에는 키 큰 옥수숫대가 서 있다. 그 너머엔 토마토가 대나무 지지대에 의지해 가지런히 도열해 있다. 그 옆에는 가지가 자줏빛 열매를 풍성히 매달고 있다. 열무와 참외, 수박 등이 심긴 고랑도 보인다. 비가 온 밭에 하염없이 내린다.

다시 방 안이다. 단정히 앉은 검은 옷의 녀석 앞에 술상이 보인다. 술상 위에는 막걸리 주전자가 놓였다. 녀석이 먼저 그의 잔에 술을 따른다. 한 잔을 거침없이 들이켠다. 목이 시원하다. 녀석의 잔에 술을 부어준다. 녀석이 희미하게 웃는다. 녀석을 따라 웃음이 난다. 그가 녀석에게 보여준 첫 웃음이다. 왠지 모를 웃음이 자꾸 난다. 그러고 보니 녀석이 아주 오래된 친구처럼 느껴진다. 녀석이 더 크게 웃는다. 그 웃는 얼굴이 낯익다. 언제 녀석의 웃는 얼굴을 보았을까. 녀석이 막걸리를 따라주며 웃는다.

　그는 가슴에 큰 통증을 느끼며 잠에서 깼다. 삐삐거리는 경고음이 요란하게 들렸다. 간호사들이 그의 침대로 황급히 달려왔다. 극심한 통증이 가슴을 쥐어짰다. 남자 간호사가 그의 가슴을 규칙적으로 누르기 시작했다. 그는 더 심해지는 통증 속에 의식이 흐려갔다.

　"AED 가져와!"

　누군가 외치는 소리를 끝으로 그는 그예 의식을 놓고 말았다.

　그가 깨어났을 때 담당 의사가 그를 내려다보고 있었다.

　"정신이 드십니까? 일시적인 하트 어택이었습니다."

　가슴의 통증은 거짓말처럼 사라지고 없었다. 그는 멀뚱히 의사를 올려다보았다.

　"심장마비였다구요."

　'안다. 씨발넘아, 영어 쓰지 마라.'

　그는 의사에게 쌍욕을 날렸다.

　"이제 안심하셔도 됩니다. 모든 게 정상으로 돌아왔습니다. 검사 결과도 양호합니다. 약만 잘 드시면 다시 이런 일이 일어나지 않을 겁니다."

그는 의사의 허연 얼굴을 멀거니 바라보았다.

"그래도 천만다행입니다. 병원에서 어택이 일어났기 망정이지 큰일 날 뻔했습니다."

그는 의사의 큰일 날 뻔했다는 말에 갑자기 웃음이 났다. 꿈속의, 검은 옷을 입은 그 녀석의 웃음이 생각났다. 웃음이 참을 수 없이 터져 나왔다. 의사는 그가 안심하란 말에 좋아서 웃는 줄 알고 만면에 자비로운 미소를 띠고 내려다보고 있었다. 그는 그런 의사의 웃음이 등신 같아 보여 더욱 웃음이 났다. 그는 소리 없이 더욱 크게 웃기 시작했다.

가족-함께하는 시간, 2014, Acrylic on Canvas, 45.5×60.6cm

지금은 글짓기 시간입니다. 참 지겹습니다. 다른 시간도 마찬가지지만 글짓기 시간은 참 지랄 같습니다. 나는 글 짓는 재주가 영 젬병이기 때문입니다.

노총각에다 별명이 '술귀신'인 우리 선생님은 칠판 가득 엄청 큰 글씨로 '제목: 어머니'라고 써놓고 교단 옆에 앉아 끄덕끄덕 졸고 있습니다. 어제 또 학교 옆 골목 금산옥에서 술을 개같이 처마셨는가 봅니다.

선생님은 잠들기 전에 둘째 시간까지 써내지 못하는 사람은 대자로 손바닥 타작을 당할 거라고 공갈을 쳤습니다. 공갈이 아닌지도 모릅니다. 술귀신은 정말 그러고도 남을 인간입니다. 학생들에게 한 약속은 하늘이 두 쪽으로 쫙 찢어지는 한이 있어도 지켜야 한다는 게 자기의 신념이라나요. 별 거지 빤쓰 같은 신념도 다 있습니다.

아무튼 큰일입니다. 아무리 머리를 쥐어짜봐도 쌈빡한 생각이 떠올라주지 않습니다. 어휴, 글짓기란 걸 언놈이 만들어놓았는지……. 내 짝지인 영희는 무언가 열심히 쓰고 있습니다. 내가 목을 길게 빼고 넘겨다보자, 망할 년이 손바닥으로 얼른 가리며 횐창이 휙 돌아가도록 째려봅니다. 쌍년이 얻다 대구 눈꼬리에 풀을 멕이구 염병이여.

'우리 어머니는 피아노 강사입니다. 피아노를 아주 잘 치십니다. 우리 어머니는 얼굴도 참 예쁘십니다. 우리 형제 중에 내가 제일 엄마를 많이 닮아 나는 참 기분이 좋습니다. 우리 어머니는 또 요리도 잘하시고 꽃꽂이도 잘하십니다…….'

영희 년의 글은 이렇게 시작되고 있습니다. 글 제목도 참 지랄 같습니다. 하고많은 제목 중에 어머니가 뭡니까. 개그맨 최병서 아저씨 말마따나 '이게 뭡~~니까?'입니다.

우리 엄마는 아무리 눈을 까뒤집고 봐도 자랑할 건덕지라곤 손톱 밑의 때만큼도 없습니다. 우리 엄마는 피아노 강사하고는 영 거리가 멉니다. 아마 피아노가 삶아 먹는 건지 구워 먹는 건지도 모를 겝니다. 우리 엄마는 우리 동네 국민시장에서 좌판을 벌여놓고 고등어, 갈치, 꽁치 따위 생선을 팔고 있습니다. 그래서 엄마 몸에서는 언제나 들척지근한 비린내가 풍깁니다.

우리 엄마는 예쁘지도 않습니다. 아니, 예쁘지 않은 정도가 아니라 우리 엄마만큼 못생긴 여자도 찾아보기 어려울 겝니다. 코는 납작한 들창코인 대신에 광대뼈는 불쑥 솟아올랐습니다. 또 작은 눈은 날카롭게 치올라 붙은 데다 각이 진 턱은 어른들 말에 의하면 팔자가 더럽게 억세 보입니다. 거기다 얼굴에는 거무데데한 기미가 잘못 그린 일본 지도처럼 가득합니다. 몸피는 또 어떻구요. 키는 보통 여자들보다 머리 하나는 더 있을 정도로 멋대가리 없이 큽니다. 남자처럼 떡 벌어진 어깨와 굵은 팔뚝하며…… 정말 우리 엄마는 부드러운 데라곤 약에 쓰려고 찾아봐도 없는 엄맙니다. 언제나 비린내가 풀풀거리는 몸뻬만 죽어라 입고 다니고 다른 엄마들처럼 예쁘게 화장하는 법도 모릅니다.

우리 엄마 손은 남자 손보다 더 거칩니다. 그래서 밤에 엄마 옆에서 잠잘 적에는 조심을 좀 해야 합니다. 내가 초등학교에 다닐 적만 해도 엄마는 잠결에 그 거친 손을 내 잠옷 바지 속으로 집어넣어 내 잠지를 쓱 만지는 버릇이 있었습니다. 그럴 때마다 나는 잠이 온통 다 달아나버리고 마니까요.

그래서 그런지 엄마가 젤 싫어하는 텔레비전 광고는 부드럽게 생긴 여자가 부드러운 몸짓을 하고 부드러운 목소리로 "여자와 커피는 부드러운 게 좋은 거 아녜요?"라고 부드럽게 말하는 광고입니다.

"쌍년! 부드러운 거 좋아하네."

그 광고를 볼 적마다 엄마는 이렇게 욕을 해댑니다. 그러나 나는 그 광고 속의 여자처럼 부드러운 여자가 좋습니다. 이담에 나는 꼭 그런 여자를 색시로 삼고 싶습니다. 내 짝지 영희 년처럼 말입니다. 히히히히히히히.

언젠가 한번은 엄마가 학교에 온 일이 있습니다. 그때 난 창피해 죽는 줄 알았습니다. 다른 엄마들은 학교 나들이를 할 양이면 온갖 멋을 다 부려 선녀처럼 꾸미고 오기 마련인데, 엄마는 노상 그 몸뻬 차림에다 시꺼멓고 못생긴 얼굴 그대로였습니다. 그나마 교실에서 술귀신 선생만 만나고 곧장 돌아갔다면 얼마나 좋았겠습니까. 쉬는 시간에 부득부득 교실까지 찾아와서 "똥필아 —"하고 양철 바가지 깨지는 소리로 나를 불러내는 것이었습니다. 동필이란 좋은 이름 놔두고 점잖지 못하게 똥필이는 또 뭡니까. 영희도 있는 데서……. 우리 엄마 주책은 아무도 못 말립니다.

이후 내 별명은 졸지에 똥필이가 되고 말았습니다. 물론 내 앞에서 감히 내 별명을 부를 배짱이 있는 놈은 우리 반 애새끼들 중에는 아무도 없습니다. 성적은 내가 생각해도 스스로 한심스러울 정도로 밑바닥을 기는 형편이지만, 주먹으로 말하자면 우리 반에서, 아니 우리 우수중학교 1학년 전체에서 날 당할 놈이 없습니다. 2, 3학년도 날 보면 슬슬 피할 정도입니다. 그래서 우리 반 애새끼들은 내가 없는 자리에서만 지네들끼리 날 똥필이라 부르며 찧고 까부는 모양입니다. 적당한 기회에 손을 좀 보아서 그런 못된 버릇들을 싸그리 없앨 계획입니다.

학교에 오기를 지독하게 싫어하는 엄마가 모처럼 학교에 오게 된 것도 순전히 나의 그 막강한 주먹 실력 덕분이었습니다. 그러니까 그 전전날 우리 반 반장인 상수 새끼를 묵사발로 만들어버린 사건이 일어났지 뭡니까. 그날 점심시간에 우리 반 아이들 몇은 화장실 뒤에 일렬로 늘어서서 일제히 잠지를 꺼내 들고 누가 오줌 줄기를 멀리 보내나 하는 내기를 했습니다.

내 오줌 줄기가 분명히 가장 길게 뻗어 나갔습니다. 이건 다른 아이들도 모두 인정한 사실입니다. 그런데도 새끼는 제 것이 더 길다고 박박 우기는 것이었습니다. 참 미치고 환장할 노릇이었습니다. 평소에도 반장이랍시고 술귀신 선생에게 알랑방귀를 뀌어대는 꼴이 아니꼬웠는데, 자기 아버지가 무궁화 몇 개인 경찰이라나 뭐라나. 잘 걸렸지요 뭐. 앞뒤가리지 않고 입술이 떡나발이 되도록 패주었습니다.

그러니 그게 무사히 넘어갔겠습니까. 술귀신 선생한테 잡혀가 머리통을 무수히 쥐어박히고 하루 종일 교무실에 꿇어

앉아 있어야 했지요. 거기다 이튿날은, 뾰족한 입술에 빨간 연지로 칠갑을 해서 방금 쥐 잡아먹고 달려온 여우 같은 인상의 상수 엄마에게 참기 힘든 수모를 당해야 했습니다.

"저런 깡패 같은 놈은 퇴학을 시켜야 할 것 아녜요? 학교에서는 도대체 뭘 하고 계신 겁니까?"

상수 엄마는 거의 한 시간 동안 욕설을 퍼붓고도 성에 덜 찬다는 표정으로 돌아갔습니다. 내 참 더러워서.

그날 엄마는 무슨 바람이 불었는지 종례시간까지 기다렸다가 나를 데리고 집으로 돌아가는 것이었습니다. 엄마는 왠지 기분이 썩 좋아 보였습니다. 교무실에서 상수 엄마와 술귀신 선생한테 닦달을 당했을 텐데도 말입니다. 하굣길에 엄마는 슬며시 내 손까지 잡고 걸었습니다. 그건 평소에 안 하던 짓이었습니다.

"이것 놓으란 말여."

나는 교무실에 꿇어앉아 있을 때보다 더 창피해서 얼른 손을 빼치며 소릴 꽥 질렀습니다. 평소 같으면 엄마는 그 큰 주먹으로 내 머리통을 사정없이 한 대 쥐어박았을 겁니다. 그러나 엄마는 나의 그런 심통에는 아랑곳없이, 연방 기분 좋게 웃으며 은밀한 목소리로 이렇게 묻는 것이었습니다.

"니가 반장을 팼다 말이제? 그래 그놈아를 올매나 패뺏노?"

"그런 며루치 같은 새끼 한 주먹감이나 되나 뭐."

"아이고 장한 내 새끼. 암믄 그래야제."

엄마는 귀여워 죽겠다는 표정으로 저의 귀를 마구 잡아당겼습니다. 참 대책 없는 우리 엄마입니다.

우리 엄마가 시장 단속반 반장인 털보 최 씨를 고자로 만들 뻔한 사선은 너무나 유명합니다. 국민시장 내에서 이 이야길 모르면 간첩 아니면 귀머거리일 겝니다. 단속반은 시장 좌판떼기 아줌마들에겐 공포의 대상입니다. 남색 제복에 모자와 완장을 차고 군화를 신은 단속반이 한번 떴다 하면 좌판을 길 가장자리로 물리고 물건을 치우느라 아줌마들은 벌에 쏘인 송아지처럼 이리 뛰고 저리 뜁니다. 단속반원들이 호각을 삑삑 불면서 소방도로 내로 나와 있는 좌판을 무지막지하게 발로 차대기 때문입니다. 평소엔 코끝도 보이지 않다가 불조심 강조기간이거나 무슨 특별한 행사만 있으면 서부의 악당들처럼 나타나서 그 지랄들입니다.

그날도 높은 분이 우리 동네 근처로 시찰을 나왔다던가 어쨌다던가 해서 단속반이 떴습니다. 한데 우리 엄마가 좌판을 치우는 것이 그만 늦고 말았지 뭡니까. 손님에게 잔돈을 세어주느라 좀 꾸물거렸나 봅니다.

그것도 하필이면 단속반원 중에서 가장 악질인 최 반장에게 걸려들었습니다. 재수 옴 붙은 거지요. 최 반장의 무지막지한 발길에 좌판 위에 가지런히 쌓여 있던 생선들이 땅바닥으로 쏟아졌습니다. 엄마는 그 생선들을 황급히 양동이에 주워 담았습니다. 최 반장은 이번엔 그 양동이마저 걷어차 버렸습니다. 그러고는 계속해서 다른 좌판들도 걷어차 몽땅 엉망으로 만들고 말았습니다.

일이 이쯤 되자 우리 엄마도 밸이 꼬였겠지요. 그래서 벌떡 일어나서 한마디 했습니다.

"아니, 이거 말로 해도 되능 거 아이요? 다 묵고 살자고 하는 짓인데 이릿키 남의 밥줄 끊어놔도 되는 기요? 이 물건들은 다 우짤 끼요? 물어줄 끼요?"

"그렇께 빨랑빨랑 치우라지 않았어? 이 느려터진 여펜네야. 잔소리 말고 퍼뜩 치워."

그러면서 최 씨는 땅에 떨어진 고등어마저 길가로 차냈습니다. 그러자 우리 엄마는 갑자기 달려들어 최 씨의 허리춤을 잡고 늘어졌습니다.

"너거는 자석들도 없나? 이기 우리 자석 새끼들 밥줄이다. 너거가 우리 새끼들 멕이 살리줄 끼가?"

"어, 어, 이놈의 여펜네가 사람 치네!"

최 씨는 들고 있던 지휘봉으로 엄마의 등짝을 모지락스럽게 내려쳤습니다. 엄마의 등짝이 한 번 꿈틀했는가 하자, 다음 순간 비명을 지른 것은 우리 엄마가 아니라 최 씨였습니다. 엄마의 억센 손이 최 씨의 사타구니께를 꽉 움켜잡았던 것입니다.

"아, 아, 아, 놔라, 놔! 아이구, 나 죽네, 놔! 놔, 아, 아, 아……."

최 씨는 핏기가 싹 가신 얼굴로 허공을 향해 두 팔을 허우적거리면서 처절한 비명을 질러댔습니다. 다른 단속반원들이 뛰어와 엄마를 떼어놓는 것이 조금만 더 늦었어도 최 씨는 틀림없이 고자가 되었을 것입니다.

덕분에 엄마는 공무집행방해죄라는 요상한 죄목으로 사흘간 구류를 살다가 나왔습니다. 구치소에서 나오던 날, 다른 아줌마들이 준비해간 두부를 움썩움썩 베어 물며 엄마는 여전히 씩씩했습니다.

우리 엄마의 이런 싸움 솜씨 덕분에 피해를 본 것은 최 씨만이 아닙니다. 과일점 김 씨 아저씨는 귀를 물려 하마터면 잘릴 뻔했고, 건어물 주인 장 씨 아저씨는 코피가 터지기도 했답니다. 특히 우리 엄마와 장 씨 아저씨의 일전은 참으로 볼 만했습니다.

장 씨는 자기 점포에서 파는 멸치처럼 비썩 마른 체구에다 쥐새끼처럼 작고 반들거리는 눈을 가지고 있습니다. 그런 체격으로 우리 엄마에게 덤비기는 왜 덤빕니까. 맞아도 싸지요. 코피가 아니라 코뼈가 왕창 내려앉았대도 그건 순전히 장 씨 아저씨 책임입니다. 장 씨는 알량한 점포 하나 가졌다는 티를 내느라 우리 엄마 같은 좌판떼기들을 얕보고 무시하려 드는 좀 거만한 사람입니다. 그래서 평소에 좌판 아줌마들에게 인상이 썩 좋지 못했습니다. 아마 우리 엄마도 언젠가 그 원수를 갚아주리라 단단히 벼르고 있었는지도 모릅니다.

그날 일만 해도 그렇습니다. 자기 점포에 물건을 들이면 들였지, 건어물 운반용 타이탄을 왜 하필 우리 엄마 좌판 앞에다 대놓습니까. 그것도 남의 장사 말아먹자는 심보인 양 장시간을 말입니다. 우리 엄마 성질에 그걸 그냥 두겠습니까. 분기탱탱, 아니 분기탱자, 아니 분기탱천이던가? 아무튼 엄청 열 받아 달려가서 장 씨 마누라에게 따졌지요.

한데 장 씨 마누라란 여자도 웃기는 짬뽕이지 뭡니까. 미안하다 곧 차를 빼겠다, 뭐 이 정도 나왔으면 우리 엄마 성질이 아무리 더럽다 해도 부드럽게 넘어갔을 겁니다. 장 씨 마누라는 주차한 지 얼마나 됐다고 그러느냐, 이웃지간에 그런 편리도 못 봐주느냐 하는 식으로 엇먹고 나왔던 것입니다. 그래 놓았으니 우리 엄마 속이 회까닥 뒤집혀버린 것은 불문곡직, 아니 불문가지입니다.

"뭐시라? 이웃 간에 편리? 아따, 그년 찢어진 입이라고 말 한분 때깔나게 해뿌네. 그라모 이년아! 니는 이웃 간에 편리를 울매나 봐주고 살았노? 니가 운제 이웃 간에 편리 봐준 적이 있나? 지 편할 때만 찾는 기 이웃 간에 편리가? 썩을 년!"

우리 엄마가 이렇게 따지고 나오자 장 씨 마누라는 말문이 막힌 듯 입만 벌리고 서 있었습니다. 말쌈으로 우리 엄마를 당해낼 사람은 이 세상에 아마 아무도 없을 겝니다. 그렇다는 것은 우리 엄마가 밀을 조리 있게 잘해서라기보다 한 번 터졌다 하면 청산가리, 아니 청산유수로 쏟아져 나오는 그 욕설 때문입니다. 우리 엄마는 싸움꾼 못지않게 욕쟁이로도 유명합니다. 내가 이 어린 나이에 이 세상에 존재하는 욕이란 욕은 다 알고 있으며, 또 그걸 적재적소에 활용할 수 있는 능력을 갖추게 된 것은 순전히 우리 엄마 덕분입니다. 그 점에 대해서만큼은 늘 엄마에게 감사하고 있습니다.

"아니, 이 아지매가 언다 대구 욕지거리야, 욕지거리가."

자기 마누라가 일방적으로 허옇게 내닦이자 장 씨가 싸움을 떠맡고 나섰습니다. 그러나 그것은 장 씨 아저씨의 치명적인 실수였습니다. 우리 엄마하고는 처음부터 아예 피해 가는 것이 가장 현명하다는 것을 장 씨는 그때까진 미처 깨닫지 못했던 것이지요.

"쯔쯔쯧! 기집 역성 들어 싸움 맡고 나서는 사나새끼치고 아랫도리 실한 놈 없거마. 팔불출 되고 잡아 장 씨가 나서요."

"이놈의 여펜네가 듣자 듣자 하니 못하는 소리가 없네. 사내 잡아묵은 주제에……."

아뿔싸. 장씨 아저씨는 또 한 번 실수를 저질렀습니다. 설상가상, 가입점경, 아니 점입가경이었습니다. '사내 잡아먹은' 운운하는 말은 절대로 우리 엄마에게 해서는 안 되는 금기 사항입니다. 우리 엄마는 그런 소릴 들으면 완전히 미쳐서 입에 거품을 물고 날뛰는 지랄 같은 버릇이 있습니다.

"뭐시라?"

아니나 다를까. 엄마는 그 작은 눈을 분노로 동그랗게 뜨더니 우르르 달려들어 장 씨의 멱살을 틀어잡았습니다.

"이 똥물에 튀겨 죽일 놈아. 니가 사나 없이 자석새끼들 데불고 살라꼬 아등바등하는데 쌀 한 톨 보태준 기 있나, 고생한다꼬 말 적선 한분 해준 적이 있나. 이 개 같은 놈아. 오늘 니 죽고 내 죽자."

엄마는 악다구니를 바락바락 써대며 장 씨의 멱살을 마구 쥐어흔들었습니다. 그러자 장 씨의 머리는 정말 멸치 대가리처럼 앞뒤로 흔들렸습니다. 그러나 장 씨도 꼴에 사내랍시고 엄마의 머리채를 움켜쥐었습니다. 우리 엄마가 그런 장 씨의 손을 팔로 툭 쳐내더니 이마로 장 씨의 얼굴을 꽝 받아버린 것은 그다음 순간이었습니다.

그것은 번개처럼 빠르고 완벽한 박치기 솜씨였고, 참으로 통쾌한 일격이었습니다. 장 씨는 코를 싸쥐고 나가떨어져

버렸습니다. 엄마는 그러고도 한참 동안 분을 삭이지 못해 성난 황소처럼 씩씩거렸습니다. 내가 우리 엄마를 존경하는 점이 있다면 바로 엄마의 그런 환상적인 싸움 솜씨입니다.

우리 엄마는 내가 어렸을 때부터 동네 아이들과의 싸움에서 지고 들어오는 것을 용납하지 않았습니다. 물고 뜯는 한이 있더라도 반드시 이기고 들어와야 했습니다. 그러지 못하면 내가 밖에서 맞은 것의 꼭 두 배로 더 매를 때렸습니다. 또한 그날 저녁밥은 주지 않았습니다. 병신처럼 맞고 다니는 놈은 밥도 아깝다나요. 그래서 나는 싸움에서만큼은 아귀처럼 악착같습니다. 몇 학년 위의 아이들과도 겁 없이 한판 뜹니다. 힘으로 안 되면 짱돌로라도 상대방 아이의 대갈통을 까놓아야 직성이 풀립니다. 처음엔 멋모르고 나와 대거리를 벌인 아이는 나의 그 오기에 질려서 나중엔 제발 그만두자고 싹싹 빌 정도입니다.

"우리같이 없는 놈들은 공부를 겁나게 잘해뿌리거나 그것도 아이면 힘이라도 씨야 된다 말이다. 안 그라모 몬 살아남는 기라. 돈 있고 빽 좋은 놈들한테 평생 꿀리고 살아야 된다 그 말이제. 니는 공부는 애초에 틀리묵은 거 같은께 힘으로라도 다른 놈들을 훌치 잡아야 되는 기다. 알겠나?"

우리 엄마가 늘 강조해 마지않는 말입니다. 오늘날 내가 우리 학교 주먹 족보에서 최정상급의 수준을 유지할 수 있게 된 것은 오로지 우리 엄마의 그런 이상한 정신 교육 덕분이 아닐 수 없습니다.

중학교에 입학하고부터 엄마는 나에게 복싱 도장엘 다니게 했습니다. 복싱은 정말 재미있는 운동입니다. 특히 스파링을 할 때의 재미는 온몸을 짜릿짜릿하게 만듭니다. 교무실에 잡혀갈 염려도 없이 상대방을 신나게 치고 때릴 수가 있으니까요. 도장에만 가면 나는 펄펄 날아다닙니다. 복싱은 진짜 남자의 운동입니다.

내가 세상에서 가장 존경하는 인물은 세종대왕도, 이순신 장군도 아닙니다. 내가 존경하는 인물은 모두 다 유명한 복싱 선수들입니다. 나는 책상머리에 최진실이나 강수지 따위의 연예인 사진을 붙여놓은 놈들을 제일 경멸합니다. 그것은 기생오라비 같은 우리 반 애새끼들이나 하는 짓입니다. 내 책상 앞에는 언제나 홍수환, 장정구, 유명우, 알리, 레너드, 헤글러 등의 사진이 거룩하게 버티고 있습니다. 그들은 나의 우상입니다. 그들은 정말 멋있습니다. 그들은 정말 위대합니다. 나도 꼭 그들과 같은 훌륭한 권투선수가 되고 싶습니다. 그것이 나의 최대의 꿈입니다.

복싱 도장엘 다닌 지 석 달쯤 지나서였습니다. 엄마가 어느 날 마당으로 날 불러냈습니다. 그러고는 자기를 한 대 쳐보라는 것이었습니다. 말하자면 그동안 내 권투 실력이 얼마나 늘었나, 시험을 해보자는 것이었지요. 이런 엄마의 속셈을 알아차린 나는 그동안 갈고닦은 실력을 자랑해 보이고 싶어 주먹이 근질거렸습니다. 먼저 권투 폼을 잔뜩 잡고 엄마 주위를 빙빙 돌면서 가볍게 잽으로 기회를 엿보았습니다. 그러다가 벼락같이 달려들어 엄마 얼굴을 향해 원투 스트레이트를 날렸습니다.

내 또래 중에 나의 이 뻗어치기에 걸려들지 않는 놈은 드뭅니다. 아니, 아무도 없습니다. 아! 그런데 이게 웬일입니까. 그때까지 내가 하는 양을 멀뚱하게 지켜보고 있던 엄마가 잽싸게 옆으로 피하면서 그 큰 주먹으로 사정없이 내 머리통을 후려갈기는 것이 아닙니까. 나는 그만 그 자리에서 기절을 하고 말았습니다. 완전히 KO된 것입니다.

"요노무 자석. 비싼 돈 딜이서 도장 보내놨더마, 실력이 안주 고거밖에 안 되나?"

내가 정신을 겨우 차리자, 엄마는 이러면서 내 머리통을 한 대 더 쥐어박는 것이었습니다. 참 대책 없는 우리 엄맙니다.

그렇다고 우리 엄마를 순전히 쌈만 하고 다니는 깡패 엄마로 보면 곤란합니다. 우리 엄마는 정에 약한 순정파 엄마이기도 합니다. 산청댁 할머니 일만 해도 그렇습니다.

산청댁 할머니는 엄마 자리 맞은편에서 과일 좌판을 하면서 혼자 사는 노인넵니다. 그 할머니는 말을 심하게 더듬습

니다. 손님이 과일 값을 물으면,

"사, 사, 사, 사, 삼천 원이구마."

이럽니다. 그러면 손님이 대뜸 쏘아붙이지요.

"아니, 할머니. 사천 원이란 말예요, 삼천 원이란 말예요?"

그러면 할머니는 말을 더 더듬습니다.

"사, 사, 사, 사, 사, 사, 삼천 원이라 쿠, 쿠, 쿤께."

이쯤 되면 그 흥정은 깨지고 맙니다. 그래서 할머니 좌판
엔 삼천 원짜리 물건이 없습니다. 아예 이천 원짜리나 사천
원짜리로 만들어 팝니다.

산청댁 할머니는 그 나이에 자식도 하나 없이 혼자 삽니
다. 그것도 우리 산동네에서 가장 꼭대기 집인 팔봉이 집에
세 들어 삽니다. 할머니 좌판의 자리는 비어 있을 때가 많습
니다. 요즘 들어 할머니가 자주 앓아눕기 때문입니다. 할머
니 자리가 비기만 하면 우리 엄마는 팔봉이 집으로 올라가
할머니를 둘러업고 우리 집으로 옮겨놓습니다. 그러곤 나을
때까지 조석 수발을 다 해줍니다.

그 할머니가 우리 집에 오면 참 재미있습니다. 할머니를
놀려먹을 수 있으니까요.

"내, 내, 내, 내가 요요, 요래 뵈도 마, 마, 마, 마……."

"만식꾼 집이요, 할매."

그건 할머니가 시집가서 소박맞은 이야긴데 하도 많이 들

어서 우리 누나인 동자와 나는 환히 외우고 있습니다.

"그, 그래, 만석꾼 집에 시, 시집을 갔니라……. 그, 그 집 대청마루만 해도 해, 해, 핵교, 우, 우, 우……."

"운동장요, 할매."

"그, 그래, 운동장만 했다 아이가. 어, 엄청 넓었제. 매, 매, 맨날 싸, 싸, 싸……."

"쌀밥이요, 할매."

"그, 그래, 쌀밥만 묵었다 아이가……. 그, 그란디 시집간 지 사, 사, 삼 년이 넘도록 어, 어, 어……."

"얼라를 못 놔서 쫓기났지예?"

"그, 그래, 얼라를 못 놔서 쪼, 쫓기났지예?"

할머니는 얼결에 우리 말을 고대로 따라 하고 맙니다. 그러면 우리는 배를 싸쥐고 킬킬거립니다.

"요, 요, 요노무 자석들. 어, 어른을 놀리묵으모 지, 지, 지……."

"지옥이요, 할매."

"그, 그래, 지옥 간데이."

동자와 나는 방바닥을 뒹굴면서 웃어댑니다. 그러다가 엄마한테 머리통을 쥐어박히기 일쑤입니다.

아무튼 우리 엄마는 그런 산청댁 할머니를 참 지성으로 보살핍니다. 할머니 빨래까지 다 해주니까요. 그런 엄마를 보고 시장 아줌마들이 피 한 방울 튀지도 않은 생짜배기 남인데 정성도 팔자라면서 칭찬이라도 할라치면 엄마는 이럽니다.

"마, 씰데없는 소리 치아라. 없는 사람들끼리 돕고 사는 기 당연한 기지. 그기 오데 치사받을 일이가."

엄마가 산청댁 할머니에게 하는 것의 반만큼만 우리에게도 친절하면 얼마나 좋겠습니까. 하지만 그건 어림 반푼어치도 없는 이야깁니다. 우리에게는, 그렇지 않아도 좋지 않은 머리통을 툭하면 쥐어박고 걸핏하면 빗자루 몽댕이로 두들겨 패기 다반사입니다. 그래서 나는 우리 엄마가 마음씨가 고운 건지 나쁜 건지 도무지 알 수가 없습니다.

장 씨 아저씨의 코피를 터뜨린 날 밤에 엄마는 술이 얼큰히 취해서 들어왔습니다. 아마 다른 좌판 아줌마들이 십 년 묵은 체증을 확 뚫어주었노라 치하하며 한잔 사준 모양이었습니다. 엄마는 그러고도 나를 시켜 가게에서 소주를 한 병 더 사오게 했습니다.

그날 밤 엄마는 또 아버지 사진을 꺼내놓고 밤늦도록 혼자 독한 소주를 홀짝이는 것이었습니다. 기분이 더럽게 안 좋거나, 하는 일이 지랄같이 꼬여들 때 늘 하는 엄마의 버릇입니다.

이럴 땐 될 수 있으면 엄마 옆에서 얼쩡거리지 않는 게 신상에 좋습니다. 괜히 엄마 심기를 잘못 건드렸다간 뼈도 못 추리기 십상이기 때문입니다.

엄마의 사진첩에 남아 있는 아버지의 사진은 몇 장 되지 않습니다. 그것도 아버지가 아주 젊었을 적에 찍은 사진들입니다. 엄마의 결혼사진은 아주 낡은 흑백사진입니다. 사진 속에서 신랑은 얼간이처럼 뻣뻣하게 서 있고, 신부는 신랑의 팔짱을 끼고 다소곳이 서 있습니다. 우스운 것은 신부의 키가 신랑보다 훨씬 더 크다는 것입니다. 사진 속의 신부는 지금 우리 엄마의 모습이라고는 도저히 상상도 못 할 만큼 젊고 예쁩니다. 우리 엄마도 그런 때가 있긴 있었나 봅니다.

사진 속의 모습이 아닌 실제 아버지의 얼굴을 나는 기억하지 못합니다. 우리 아버지는 내가 초등학교 2학년일 적에 돌아가셨다고 합니다. 그때 시골에 계신 할머니와 엄마가 목 놓아 울던 것이 기억납니다. 그러나 그뿐입니다. 다른 것은 아무것도 모르겠습니다. 우리 집에 갑자기 사람들이 많이 찾아와 기분이 좋았을 뿐입니다.

우리 아버지는 칠쟁이였다고 합니다. 집 짓는 공사판을 따라다니며 페인트칠을 하는 사람 말입니다. 높은 아파트 벽을 칠하다가 그만 줄을 놓쳐 떨어져 죽었다고 합니다. 참 바보 같은 아버집니다. 줄 하나 제대로 잡지 못해 죽다니 말이 됩니까. 그러나 나는 요즘도 새로 짓는 건물의 까마득히 높은 벽에 대롱대롱 매달려 페인트칠을 하거나 타일을 붙이는 사람을 보면 마음이 괜히 조마조마해집니다. 아버지 생각이 나기 때문입니다.

우리 엄마는 아버지 이야기를 거의 하지 않는 편입니다. 가장 친한 친구인 채소전 오 씨 아줌마와 술에 취하면 어쩌다 아버지 이야기를 입에 올립니다.

"이상도 하제. 그날 그 양반이 꿈자리가 사납다 카면서 일 나가길 영 껄끄러바 하는 눈치더라꼬. 그런데 그날이 해필 간조 날이 아닌가배. 또 그다음 날은 곗돈 들어갈 날인 기라. 그래서 곗돈 맞차 넣을 욕심으로 일은 안 하더라도 간조는 타 오라꼬 등을 떠밀어 내보냈는데 그기 시상에 저승길로 보내는 긴 줄 누가 알았겠노 말이다. 이 양반이 간조만 타 갖고 들어왔시모 됐일 낀데, 나간 김에 일당이나 번다꼬 줄을 잡았다 안 카나. 휴, 더런 년의 팔자."

엄마는 한숨과 함께 소주잔을 단숨에 비워냅니다. 아버지 이야기를 할 때면 엄마는 술을 엄청 마셔댑니다.

"옛날 일 그거 자꾸 꼽씹으모 뭐하노. 인자 말짱 잊아뿌리고 똥자, 동필이 저것들이나 잘 키아야제."

오 씨 아줌마는 술잔을 채워주며 엄마를 슬슬 달랩니다.

"하모, 하모. 인자 다 잊아뿌릿다 아이가. 자꾸 생각해싸모 뭐하겠노. 죽은 자석 부랄 만지기제."

그러면서 엄마는 또 한 잔을 훌쩍 마셔버립니다.

똥자는 고등학교에 다니는 우리 누납니다. 공부도 지지리도 못하는 게 뭘 믿고 그러는지 얼굴도 지지리도 못생겼습니다. 게다가 요즘엔 그 얼굴에 여드름투성입니다. 하라는 공부는 안 하고 만날 거울 앞에서 여드름 짜느라 시간 다 보냅니다. 이건 아예 거울 앞에 붙어삽니다. 그리고 거울 앞에서 별 오두방정을 다 떱니다. 자기가 무슨 영화배우라고 찡그렸다가 웃었다가, 울상을 지었다가 흘겨보았다가, 노려보았다가 고개를 지켜들어 보았다가, 옆으로 째려보았다가 머리칼을 뒤틀어 올렸다가…… 미친년이 따로 없습니다.

한번은 어디서 구했는지 뻘건 루주를 입술에 처득처득 처바르고, 눈에는 스카치테이프로 쌍꺼풀을 만들어 붙이고는 '나 어때?' 하는 표정으로 날 돌아보며 씩 웃어 보이는 것입니다. 으악. 나는 그만 점심때 먹은 짜장면 가락이 도로 넘어오려고 했습니다.

계집애가 고등학교를 가더니 확실히 좀 이상해졌습니다. 전에는 나하고도 곧잘 놀아주곤 하더니 요즘은 나 같은 건 아예 거들떠보지도 않습니다. 어쩌다 내가 제 방문을 열면 꽥꽥 고함을 치고 펄펄 뛰면서 잡아먹을 듯이 설칩니다. 나 참 더러워서……. 그러고 보니 똥자의 몸매도 좀 이상해진 것 같습니다. 올해 들어 갑자기 엉덩이가 펑퍼짐해졌고 가슴이 불룩 튀어나온 것 같습니다. 아무튼 여자들이란 요상하고 골치 아픈 동물입니다. 똥자는 요즘 또 밑도 끝도 없이 요상한 소리를 곧잘 합니다.

두어 달 전쯤입니다. 일요일이었습니다. 엄마는 시장에 장사하러 나가고 나 혼자 안방에서 TV로 〈맥가이버〉를 보고 있는데 똥자가 들어오더니 불쑥 말하는 것이었습니다.

"똥필아, 니 우리 엄마가 요새 연애하는 거 아나?"

이건 또 무슨 귀신 씨나락 까먹는 소립니까.

"뭐시라? 똥자 니 그기 무신 말이고?"

"아이고, 이 멍청아. 우리 엄마가 바람이 났다 안 카나."

"바람이 나다이? 그기 무신 말인데?"

"이 빙신아. 우리 엄마가 복덕방 김 씨 아저씨하고 좋아지내는 사이다 이 말이다."

"와? 우리 엄마는 김 씨 아저씨하고 좋아지내모 안 되나?"

"지랄하고 자빠졌네. 우짜모 우리가 김 씨 아저씨를 아부지라 불러야 될지도 모리는데, 니는 그기 좋나?"

"뭐라꼬? 김 씨 아저씨를 아부지라 불러? 택도 읎는 소리 하지 마라!"

나는 그제야 화들짝 놀라서 벌떡 일어섰습니다.

"그런께 하는 소리 아이가. 내 말은."

"똥자 니 고런 못된 소리 해싸모 엄마한테 다 일라줄 끼다."

나는 열이 뻗쳐올라 얼굴을 붉으락푸르락해가며 씩씩거렸습니다.

"아이고, 답답아. 니하고는 말이 안 된다. 고마 고만두자."

똥자는 핑 돌아서서 제 방으로 건너가버렸습니다.

복덕방 김 씨 아저씨는 언제나 머릿기름을 빤지르르하게 치바르고 눈웃음을 살살 치며 입술이 가느다란, 꼭 여우 사촌처럼 생겨 먹은 아저씹니다. 내가 제일 밥맛없어 하는 얼굴형입니다. 그런 재수 없게 생긴 아저씨를 천하의 우리 엄마가 무엇이 좋다고 친하게 지내는 것일까요. 어른들이 하는 짓이란 참 알다가도 모르겠습니다. 어른들은 왜 그렇게 철들이 없을까요. 더구나 그런 아저씨를 아버지라 불러야 될지도 모른다니, 이런 개 같은 경우가 어디 있겠습니까.

나는 눈물이 핑 돌도록 분했습니다. 그리고 엄마가 한없이 미워졌습니다. 아버지 사진을 꺼내놓고 술을 처마시며 청승을 떨 땐 언제고, 이제 와서 김 씨 아저씨라니⋯⋯. 그날 밤 나는 엄마가 들어오든지 말든지, 저녁밥을 먹으라고 채근을 하든지 말든지 대꾸도 하지 않고 이불을 들쓰고 누워버렸습니다.

그러고 보니 언젠가 시장통 근처 맥줏집에서 김 씨 아저씨와 나란히 나오는 엄마를 본 듯도 합니다. 또 요즘 엄마의 행동도 수상한 점이 한두 가지가 아닙니다. 안 하던 화장을

216

하는 날이 잦고, 우리 밥도 챙겨주지 않은 채 밤늦게 들어오기 일쑤입니다. 어느 땐 아예 집에 들어오지 않는 날도 있었습니다. 그게 모두 김 씨 아저씨 때문인지는 확실히 알 수 없습니다만, 아무튼 예삿일은 아닙니다.

그러나 정작 사건은 전혀 엉뚱하게 터졌습니다. 바로 일주일 전입니다. 그날 엄마는 엉망으로 취해서 오 씨 아줌마의 부축을 받고 귀가했습니다. 쓰러지듯 방으로 들어오자마자 엄마는 다짜고짜 대성통곡을 하기 시작했습니다. 엄마가 그렇게 우는 모습은 아버지가 돌아가신 이후 처음 보았습니다.

"아이고 김 가, 이 사기꾼 놈. 벼룩이 간을 빼묵지 그기 우떤 돈이라꼬 그걸 들고 튀끼노. 찢어 죽여도 시원찮을 놈. 자석새끼들 키울라꼬 몬 묵고 몬 입고 모은 돈인 줄 지놈도 뻔히 알민서 우예 그랄 수가 있노. 똥물에 빠져 뒈질 놈. 아이고, 아이고."

이야기는 간단했습니다. 김 씨는 처음부터 돈을 사기 칠 목적으로 엄마에게 접근했던 것입니다.

"이년아, 그래 내가 뭐라쿠데? 니년이나 내같이 복 없는 년은 뒤로 자빠져도 코가 깨진다 안 쿠더나? 자석새끼들이나 잘 건사하면 됐지, 다 늦게 무슨 영화를 볼 끼라꼬 그런 놈한테 빠져가지고는……. 쯧쯧쯧! 지 발등 지가 찍긴데 오데 가서 하소연할 끼고? 넘사시럽다. 인자 고만해라. 못난 년."

오 씨 아줌마가 혀를 길게 찼습니다.

그날 밤 울다 잠이 든 엄마 옆에서 나는 오랫동안 잠이 오지 않았습니다. 처음으로, 정말 처음으로 우리 엄마가 참 불쌍하다는 생각이 들었습니다. 그리고 얼른 어른이 되고 싶었습니다. 얼른 어른이 되어 우리 엄마같이 불쌍한 사람을 사기 치는 김 씨 같은 인간들을 잡아내어 어퍼컷으로 턱주가리를 박살 내고 싶었습니다.

엄마는 그 뒤로 며칠 동안 이불을 들쓰고 앓아누웠습니다. 시장에도 나가질 않았고 밥도 먹지 않은 채 신음 소리를 끙끙 내며 앓았습니다. 온몸에 힘이 하나도 없는 듯했고 두 눈이 퀭하니 들어갔습니다. 오 씨 아줌마가 매일 저녁 찾아왔지만 엄마는 말하는 것조차 귀찮은 눈치였습니다. 나는 덜컥 겁이 났습니다. 저러다가 엄마가 죽는 게 아닌가 하고요.

그런데 오늘 아침이었습니다.

"똥필앗! 안주 안 일어나고 뭐 하노? 또 핵교 지각할라꼬 이때끔 처자빠져 자나? 베라묵을 놈, 지 힘으로 일어나는 꼴을 못 보네."

양철 바가지 깨지는 듯한 엄마 목소리가 내 늦잠을 깨웠습니다. 그건 참으로 오랜만에 듣는 엄마의 욕지거리였습니다. 나는 그게 그렇게 반가울 수가 없었습니다. 엄마가 욕하는 것이 처음으로 듣기 좋았습니다.

"아까 깼단 말여."

"지랄하고 자빠졌네. 아까 깬 놈이 뭐한다꼬 이불 밑에 처자빠져 있노? 퍼뜩 밥 처묵고 학교 가라."

나는 그런 엄마 욕에도 기분이 좋아 부리나케 세수를 했습니다. 역시 우리 엄마는 욕을 펑펑 해대야 우리 엄마다워 보입니다.

우리 엄마는 오늘부터 아무 일도 없다는 듯이 다시 시장엘 나갈 것입니다. 그리하여 소리소리 지르며 손님을 부르고, 수틀리면 박치기로 싸우고 욕을 퍼부어대고, 또 기분 좋으면 호탕하게 웃으며 씩씩하게 살아갈 것입니다. 우리 엄마는 워낙에 그런 엄마니까요.

다시 넘겨다보았더니 영희 년은 아직도 제 엄마 자랑을 늘어놓고 있습니다. 영희 년은 참 좋겠습니다. 자랑할 게 그렇게 엄청 많은 엄마를 두었으니까요. 아무튼 걱정입니다. 지금까지 쓴 걸 작문이라고 제출했다간 못된 소리만 썼다고 술귀신 선생한테 또 매타작을 당할 게 뻔하기 때문입니다.

작문 시간을 언놈이 만들어놓았는지, 나 참 더러워서……. 작문 끝.

3부

———

그대 떠난 빈집의 감나무 되어

— 에세이

일러두기

1. 3부는 정태규 산문집《꿈을 굽다》(2012)에 수록됐던 에세이 중에서
   골라 실었다.
2. 〈함박꽃밭의 축제〉는 루게릭병 진단 이후에 쓴 글로 이 책에서
   처음 선보인다.

감나무 연가

나는 그대 떠난 빈집의 그 깊은 마당가에 선 한 그루 감나무이고 싶다.

낮이면 햇빛에 잎사귀를 반짝이며 먼 산등성이로 넘어가는 구름을 보다가, 밤이면 별을 스치우고 불어오는 바람에 조용히 감꽃 몇 개 떨구고 싶다. 새벽이면 간밤에 새로이 우러난 그 맑은 우물물에 내 그림자를 드리우고 고개 숙여 서늘한 명상에 잠기고 싶다.

내 가지에 와 앉은 새들의 노래는 그대 오래 기다리는 나의 위안이다. 내 잎새만큼 푸르고 무성한 매미 소리는 어떤가. 아, 가마가마히 가지를 타며 울어대는 들고양이도 잊지 말아야지. 나는 그 소리에 날마다 키가 크고 꽃을 피운다.

오늘도 하루 종일 그대 언젠가 자분자분 걸어 넘어올 고갯길을 바라보며, 등 뒤에 흐르는 시간을 전송하겠다. 그리하여 늦은 오후가 당도하면 어디쯤 오고 있을지 모를 그대 가슴을 향해 툭 하는 소리로 풋감 하나 떨구어 보내겠다. 내 이 가난한 신호를 그대 우연히라도 주워주기만 한다면.

가을이면 가지가 휘게 달린 나의 찬란한 등황색의 기쁨을 그대 아는가. 나의 기쁨은 언제나 그대의 몫이다. 가장 높은 가지에 신성한 까치밥만 남기고 이 사유의 흐뭇한 열매를 모두 거두어주길. 그리하여 그것이 또 다른 나의 기쁨이 되길.

나는 마당을 들어서는 그대 발자국 소리를 기다리며 여기 오래 서 있겠다. 비가 오고 바람이 불고 나의 잎새도 떨어져 가지가 여위어가는 겨울이 오리라. 어느 춥고 눈 내리는 날, 그대 아궁이를 덥히는 한 아름의 장작으로 쌓여 나는 말없이 그대 빈집을 지키겠다. 그대 아궁이에서 가장 포시라운 불꽃이 되어 너울거리길 꿈꾸며.

그대 마당 한가운데 모닥불을 피워도 좋다. 그리하여 그 불꽃을 저 먼 우주로 보내는 은밀한 모스 부호로 삼아도 좋다. 어쩌면 저 먼 처녀별자리의 아름다운 처녀 페르세포네가 그대에게 답신을 보낼지도 모를 일이다.

나는 그대 향해 떠나는 강물이 되고 싶다.

저 깊은 골짜기 골짜기에서 흘러나오는 맑은 개울물을 데리고 가슴에 생각하는 고기들을 품고 그대 기다리는 바다를 향해 흘러가는 강물이 되고 싶다. 흐르다 막아서는 둑들도 허물고 저 혼자 갇혀 있는 습지도 불러서 깃발 꽂힌 나루터와 사람들의 잠자는 마을을 지나 쉼 없이 흐르고 싶다.

흐르고 흘러서 그대에게 닿으면 바다의 자궁 속으로 힘차게 밀려들고 싶다. 그때의 내 차갑고 황홀한 오르가슴을 그대 욕해도 좋다. 바다의 자궁 속에서 나는 청동의 거인으로 다시 태어나고 싶다.

나는 한 마리 새가 되고 싶다.

내 안일과 관성의 새장을 찢다가 부리에 붉은 피가 흘러도 저 창공의 자유를 노래하는 새가 되고 싶다. 저물녘엔 그대 창밖에 심어진 후박나무에 깃을 들이고 창문에 비친 그대 실루엣으로 위안을 삼겠다. 그대 어느 날 저녁, 창밖에서 들리는 낯선 새소리를 기억해주길. 그 새소리엔 붉은 생채기가 나 있음을 기억해주길.

나는 길이고 싶다. 언제나 그대에게로 뻗어 있는 길이고 싶다. ㄱ 길 끝에 ㄱ대는 눈부신 모시 적삼으로 서 있다. 나는 못이고 싶다. 그대 영혼의 모시 적삼을 걸어주고 싶다. 나는 산이고 싶고, 호수이고 싶고, 바위이고 싶고, 꽃이고 싶고, 안개이고 싶고, 바람이고 싶고, 구름이고 싶다.

아아, 그러나 무엇보다 나는 아무것도 아니고 싶다. 아무것도 아닌 채로 그대에게 공기처럼 가볍게 다가가고 싶다. 아무것도 아닌 나를 아무것으로 만드는 것은 그대이다. 사랑하는 이여, 이 깊은 밤 서로 얼굴 보이지 않는 어둠 속에서도 나는 향기로 그대를 안다.

별 이야기

얼마 전에 수만 개의 별똥별이 떨어지며 밤하늘에 우주 쇼를 연출하리란 예측으로 화제가 된 적이 있다. 결국 아침 시간에 유성 군단이 들이닥치는 바람에 그 장관을 관측하는 것은 무위에 그치고 말았지만 그건 상상만으로도 황홀한 일이다.

생각해보면 우주는 참으로 무한 광대하고 신비롭다. 우리가 맑은 밤에 육안으로 볼 수 있는 별은 2천 개에 지나지 않는다. 그러나 쌍안경을 사용하면 5만 개의 별을, 구경 2.5인치 소형 망원경으로는 백만 개 이상을, 미국 윌슨산 천문대의 구경 백 인치 망원경을 사용하면 약 5억 개의 별을 볼 수 있다고 한다. 백만 개, 아니 5억 개의 별이 밤하늘을 밝히고 있는 광경은 전율스럽도록 신비로운 일이 아닐 수 없다.

북극성은 지구로부터 8백 광년 떨어져 있다고 한다. 그러니까 오늘 우리가 보는 북극성의 빛은 고려시대 이규보가 《동명왕편》을 저술하던 때, 북극성을 출발한 빛이다.

지구가 속한 태양계는 지름 8만 광년이나 되는 은하계의 변두리에 속해 있고, 우주에는 그런 은하가 10의 11승 개 정도 있으며, 각 은하에는 또 10의 11승 개나 되는 별들이 있다고 한다. 그것도 태양 같은 항성만 계산했다고 하니, 지구 같은 혹성까지 합하면 정말 상상을 초월하는 숫자다.

그 숫자에 비하면 이 우주에서 지구는 먼지 한 점보다 더 작은 존재에 지나지 않는다. 더욱이 그 지구에서 살아가는 인간은 얼마나 더 미미한 존재인가.

그런데도 인간은 이 먼지 같은 지구상에서 서로 제 잘났다고 싸우고 반목하고 질시하며 살고 있다. 장자의 말대로 인간사 모두 달팽이 뿔 위의 싸움에 지나지 않는다.

도시 생활을 하다 보면 밤하늘을 올려다볼 기회가 별로 없다. 일상사에 바빠 그럴 마음의 여유가 없는 탓일 게다. 어쩌다 올려다본 밤하늘에 몇 날 보이는 별빛마저 뿌옇게 흐려져 있게 마련이다. 도시의 불빛이 별빛을 가로막고 있기 때문일 것이다.

어릴 때 시골에서 한여름 밤 풀밭에 누워 바라보던, 별들이 금방 쏟아져 내릴 듯이 치렁치렁하던 그 찬란하게 빛나던 밤하늘을 사람들은 잊은 지 오래다.

오늘도 아파트 광장에서 스모그로 뿌옇게 된 도시의 밤하늘을 올려다보며 사람들이 모두 다 별을 바라보는 여유를 가졌으면, 그리하여 저 무한한 우주를 느끼고 겸손을 배워 저 우주처럼 넓은 가슴들이 되었으면 하는 바람을 부질없이 가져본다.

남한강변—여름방학, 2008, Acrylic on Canvas, 53×72.7cm

아름다운 순간

설에 부모님 산소를 다녀왔다. 산소는 고향 마을의 뒷산 중턱에 있는 밭가에 모셔져 있다. 이곳에서는 마을과 들판이 한눈에 내려다보인다.

대학 시절 어느 여름방학이었던가. 어머니와 나는 이 밭을 매러 왔었다. 뙤약볕이 내리쬐는 한낮이었다. 어머니는 벌써 두 고랑째를 매고 계셨지만, 나는 반 고랑도 매지 못하고 밭둑의 산수유 그늘로 물러나고 말았다.

땀을 식히며 무연히 마을을 내려다보고 있던 그때, 내 시선을 사로잡는 것이 있었다. 마을 입구에 서 있는 아름드리 참나무였다. 그 참나무의 무수한 잎새들이 탄력 있는 정오의 햇빛을 받아 물결처럼 끊임없이 반짝이고 있는 것이었다. 그건 마치 낮에 켜둔 신의 등불 같다고 할까. 숲에서 들려오는 무성한 매미 소리와 짙푸른 들판과 마을의 하얀 지붕들과 함께 그건 한없는 평화로움과 아름다움으로 내게 다가왔다. 그때 나는 속으로 다짐했다.

아아, 이 아름다움을 결코 잊지 말자.

살다 보면, 자신에게만 다가오는 내밀한 아름다움의 순간이 있다. 그때도 그런 순간이 아니었는가 싶다. 어머니는 돌아가시어 당신이 매던 그 밭에 묻히셨다. 그 참나무도 잘려나가 목재가 되어버린 지 오랜, 이 쓸쓸한 겨울에 나는 마을을 오래 바라보고 섰다.

초발심

그해 가을, 나는 새삼스레 세상을 다시 배우고 있었다. 난생처음으로 최루가스에 눈물 콧물 질질 흘려가며 데모라는 걸 해보았고, 죽자고 따라다녔던 계집애로부터 영원한 결별을 선언당했다. 최루탄의 그 따가움과 실연의 그 쓰라림을 심신으로, 그것도 한꺼번에 당하면서 나는 인생의 쓴맛을 어렴풋이나마 깨달아가고 있었는지 모른다. 비로소 철이 들기 시작했다고 할까.

그해 겨울, 나는 당연히 기분이 영 지랄 같았다. 우리가 그렇게 어깨와 어깨를 겯고 눈물 콧물을 대책 없이 흘려가며 고함을 질렀음에도 불구하고, 그리하여 그 고함 소리에 놀라 대통령이 즉사하였음에도 불구하고, 여전히 정의의 봄은 오지 않았고, 그놈의 잘난 계집애는 찾아간 나에게 차갑기 그지없는 뒷모습을 보이며 돌아서서 눈앞의 문을 단호하게 닫고 사라졌다.

나는 절망했다. 계집애의 그 문이나 세상의 문은 이제 영원히 나를 향해 열릴 것 같지 않았다. 집에서까지 멀리 떨어져 있었던 나는 세상 속에 혼자 내버려진 듯한 이 어쭙잖은 외로움에 젖어 한동안 술에 절어 살았다.

지금 뒤돌아보면 참으로 같잖은 절망감이요 외로움이란 느낌이지만, 그 당시로는 그게 얼마나 절실한 감정이었는지 지금도 기억에 생생하다. 시장통 막걸리집에서 취해 나오다 지나가는 자가용을 발길로 차버려 운전사와 대판 싸운 일도 있고, 음악다방에서 밥 딜런의 〈바람에 날려Blowing in the wind〉를 듣다 말고 그게 무슨 그렇게 슬픈 노래라고 남자가 눈물을 줄줄 뽑으며 운 적도 있다. 그때는 그런 일이 감상적이냐 아니냐 하는 차원을 떠나 정말 그렇게 분노에 차고, 글자 그대로 폐부를 찌르듯이 슬펐다.

결국 나는 절망감과 외로움에 쫓겨 휴학계를 내고 자취방의 짐을 챙겨 시골집으로 내려갔다. 그러곤 시골집의 뒤채 골방에 틀어박혔다. 그 어두운 골방에서 겨울 내내 내가 붙잡고 매달린 화두가 바로 소설 쓰기였다. 이 세상에 대해서 그리고 세상의 인간에 대해서 뭔가를 쓰고 싶었다. 그 뭔가가 말이 되는 소린지 아닌지 하는 것은 차후의 문제였다. 그저 무엇이라도 쓰지 않고는 배길 수 없는 심정이었다. 나는 정신없이 써내려가기 시작했다.

나는 지금도 그때의 내가 일종의 미친 상태에 빠져 있지 않았나 의심이 들 때가 있다. 밥을 먹지 않아도 배가 고프지 않았고, 온밤을 꼬박 새우고도 낮에 잠이 오지 않았다. 나는 오로지 내가 만들어낸 인물들과 그들의 말과 행동과 의식을 따라가기에 몰두해 있었다. 그들이 나 스스로 만들어낸 허구의 인물이 아니라 실재하는 인물로 착각하지나 않았는지 모르겠단 생각이 나중에 들기도 했다.

나는 지금도 자신 있게 말할 수 없다. 그때의 그 치열했던 열정이 과연 어디에서 왔는지, 그러나 모르긴 모르되, 그건 그때 내가 안고 있던 절망감과 외로움의 순수함에서 기인한 것이 아닐까 한다. 세상을 받아들이는 순수한 마음(그것이 절망감으로든 외로움으로든)이 그렇게 온전한 열정을 자아내지 않았을까. 그 열정은 곧 나를 향해 닫혀버린 세상의 문을 열고 싶어 한 열망의 다른 표현이었으리라.

그 열정 덕분에 나는 스스로 유폐된 지 보름 만에 소설 비슷한 물건을 하나 들고 골방의 문을 나설 수 있었다. 그리고 그 이후 나는 소설에 발목 잡혀 지금껏 가당찮은 소설쟁이로 행세해오고 있다. 그러나 나는 다시는 그때처럼 그런 광

증과 같은 열정으로 소설을 써보지 못했다. 먹지 않고 자지 않아도 두 눈 부릅뜨고 세상과 대면할 수 있었던 그 정체 모를 열정을 다시는 경험할 수 없었다. 그건 세상을 받아들이는 나의 순수한 마음이 이런저런 이유로 낡고 때 묻어갔기 때문일 것이다.

나는 지금 그립다. 세상을 향해 아무런 보상을 바라지 않던 은밀한 내 열정이. 그 열정의 반짝이던 순수함이. 그때 그 열정의 5할만 간직해왔더라도 나는 훨씬 좋은 소설을 더 많이 쓸 수 있지 않았을까. 처음의 그 마음과 열정, 그걸 불가에선 초발심이라 하던가. 오, 그리운 초발심. 그것이 한 번이라도 다시 찾아온다면, 나는 정말 멋진 작품을 쓸 수 있을 것 같다. 그러나 그것이 다시는 내게 찾아오지 않을 것 같은 예감에 나는 두렵다.

갈천리에서

지금 나는 갈천리 산골짜기에서 비 갠 여름 산을 보고 있다. 골짜기 너머론 구름의 터진 틈으로 푸른 하늘이 문득문득 보인다. 짙푸른 산등성이론 안개구름이 그 드리운 치맛자락을 천천히 끌며 지나간다. 그건 아무래도 한없이 느리고 부드러운 애무의 몸짓 같다.

계곡의 물을 막아 만든 소류지의 수면엔 바람이 불 적마다 푸른 잔물결이 일어난다. 물결이 너무 잘고 고와서 물결이 아니라 그 부분만 물빛이 변한 것으로 착각하게 된다. 건너편 산기슭으로 흰 날개의 물새가 이따금 날아간다. 나는 둑 위의 풀밭에 앉아 이런 광경을 하염없이 바라보고 있다. 그리고 하루 종일 아무 말도 하지 않아도 좋았다. 기실 이야기할 상대도 없다.

소설을 쓰겠답시고 보따리를 챙겨 이 골짜기의 산장으로 들어온 지 벌써 닷새가 지났다. 하지만 나는 소설 쓰기보단 이 골짜기의 풍광에 정신을 더 뺏기고 있다. 글쓰기는 도무지 진척이 없다. 그건 아마 이 자연의 아름다움에 비하면 내 글쓰기라는 것이 얼마나 작위적이고 위선적인가 하는 자격지심 때문일 것이다. 흘러갈 데는 흘러가고, 불어올 것은 불어오고, 날아갈 것은 날아가고, 지나갈 것은 지나가는 저 자연은 얼마나 자연스러운가. 거기에 비해 우리의 삶은, 그 삶을 모방하는 소설은 또 얼마나 비틀리고 남루하고 억지스러운가.

소설을 쓰겠다고 이런 산골 오지로 혼자 기어들어와 청승을 떨고 있는 것도 어쩌면 그런 억지스러움의 하나일 것이다. 이런 억지스런 자폐가 과연 소설 쓰기에 얼마나 도움이 될까. 이런 유난을 떨고서도 제대로 된 글 한 편 건지지 못하고 시간만 죽이고 간다면 얼마나 한심할 것인가.

그러나 전연 소득이 없었던 것은 아니다. 하루 종일 말 한 마디 하지 않고 그저 무심히 골짜기와 수면만 바라보면서, 나는 외로움이란 감정을 회복해가고 있다. 그래, 나는 너무 오랫동안 외로움이란 걸 잊고 살았다. 많은 사람과의 관계와 관계 속에서 나는 외로워할 엄두도 내지 못했다. 끝없는 일과 일상에 쫓기며 나는 외로워할 겨를마저 잃었는지도 모른다. 외로움은 자신을 되돌아보게 한다. 글을 쓴다는 것은 곧 자신을 되돌아보는 일이다. 그러므로 외로움은 글을 쓰게 하는 힘이 된다.

갈천리의 밤은 빨리 온다. 산기슭의 짙은 숲에서 슬금슬금 퍼져 나온 어둠이 점차 골짜기 전체를 점령해간다. 한 두엇이 궁싯대던 낚시꾼도 돌아가고, 산장 주인도 일찌감치 불을 끄고 기척이 없다. 소류지의 물빛은 깊이를 알 수 없는 두려운 먹빛이다. 새소리도 그치고, 숲에서 후드득 빗방울 듣는 소리가 들린다. 이 골짜기에서 오직 나 혼자만 어두운 숲을 바라보고 있다. 골짜기에 고여 있는 어둠의 깊이를 재어보고 있다. 그러노라면 어쩔 수 없는 외로움이 오딧물처럼 가슴으로 스며든다. 이 어둠 속에 나 혼자 버려진 느낌이다. 그 외로움은 자꾸 가슴에 쌓인다. 이렇게 외로움이 쌓이다 보면 내일이라도 작품을 쓸 수 있을까.

그러나 지금 내가 느끼는 외로움은 가짜다. 그건 내가 스스로 만들어낸 외로움이다. 그건 인조 외로움이며, 감상이다. 이 골짜기를 떠나기만 하면 언제든 사라질 외로움이다. 따라서 그런 외로움에 기대어 써낸 작품도 가짜이기 십상일 것이다.

진정한 소설 쓰기에 필요한 것은 진정한 외로움이다. 저 세상의 부조리와, 우리 인생의 부조리와, 저 우주의 부조리에 당당하게 홀로 대면하고 선 자의 외로움. 그런 외로움이 진정한 소설을 낳는 것일 게다. '열사의 끝에서 회한 없는 백골을 쪼이겠다'는 각오로 운명과 마주 서는 그런 외로움. 언제 나는 그런 외로움을 가져볼 수 있을까. 그런 외로움에 기대어서라면 저 지극히 자연스런 자연처럼 그런 천의무봉의 작품을 하나쯤 써낼 수 있을지도 모르겠다. 그러나 그건 언제나 천박한 욕심과 숨 막히는 일상 속에서 빠듯이 살아가는 나에겐 늘 희망사항으로 남아 있을 뿐.

집을 짓는 힘

내 후배 시인 중에는 괴짜가 하나 있다. 그는 칠팔 년 전에 부산의 그럴듯한 직장을 버리고 혼자 산골 오지인 이곳 갈천리에 들어와 산다. 마을의 제일 윗집인 오두막집에 살면서도 그는 아무 부러울 것 없다는 듯이 언제나 싱글싱글 웃는 얼굴이다.

한데 이 낙천적인 친구가 무슨 바람이 불었는지 그 오두막을 대대적으로 수리하기 시작했다. 방을 두 칸이나 더 들이고, 현대식 화장실과 부엌을 갖춘 저택(?)으로 꾸미고 있는 것이다. 나는 틈틈이 이 친구 집을 찾아가 공사의 진척 상황을 지켜보다 오곤 한다.

그러나 내가 정작 흥미를 가진 것은 공사의 진척 상황 따위가 아니라, 그 일을 해주러 온 일꾼들이었다. 이웃 마을에 산다는 서른 후반의 젊은 두 일꾼, 손 형과 강 형. 둘 다 십 년 전, 혹은 칠팔 년 전에 직장 생활과 대도시 생활을 버리고 귀향한 사람들이다. 그들은 이제 고향에서 농사를 짓고 황소만 한 사슴과 몇백 마리의 흑염소와 분재를 키우며 살고 있다. 그러면서도 이웃의 주택 개조 공사에 무보수로 와서 일을 봐주고 있는 것이다.

이 세 사람이 일을 하는 모양을 가만히 지켜보노라면 참 재미있다. 집주인인 내 후배 시인은 하는 일 없이 바쁘다. 겉으로 보기엔 자기가 일은 다 하는 양, 검댕과 흙먼지를 온통 묻히고 다닌다. 그러나 정말 참일꾼은 손 형과 강 형이다. 이 두 사람이 일을 하는 모양새를 보면 참 아름답다는 생각이 든다. 건장한 근육질의 팔다리를 놀리며 그들은 참으로 열심히 일을 한다. 그 좁은 마당에서 경운기를 백팔십도로 돌리는 그들의 기술은 신기에 가까웠다. 게다가 목공일과 미장일, 배관과 수도 보일러에 이르기까지, 그들은 정말 못하는 일이 없다. 집이 완성되면 아마 그 8할은 이 두 일꾼의 힘 덕분일 것이다.

그들을 보며 나는 속으로 두 사람의 힘이 부러웠다. 집을 짓는 힘, 그것은 얼마나 아름다운가. 나에게도 수섭이란 집을 짓는 힘이, 두 사람이 가진 것 같은 그런 아름다운 힘이 있다면 얼마나 좋을까 하고 생각했다.

첫 소설창작집 서문에 '소설은 하나의 힘'이라고 생각한다고 썼던 기억이 있다. 진실하고 진지한 영혼이 저 거짓과 경박의 현실에 지쳐 쓰러지지 않게 받쳐주는 하나의 힘이 소설이며, 또한 그런 영혼을 응원하며 조용히 펄럭이는 깃발이 소설이 아닐까 한다고 썼다. 지금 생각하면 지나치게 단정적인 생각이었던 것 같지만, 확실히 소설도 인간의 영혼에 하나의 힘이 될 수 있을 것이다. 다만, 그 소설이란 집이 확실한 대들보와 서까래와 기둥으로 서 있을 경우에만 말이다. 그리고 그 집이 단순히 머리로써 지은 것이 아니라, 가슴으로 지었을 경우이기도 할 것이다.

나의 소설도 그런 힘을 가졌으면 좋겠다. 내 작품이 이 세상 누군가의 영혼에 하나의 힘이 되었으면 좋겠다. 그 사람의 영혼의 집을 짓는 아름다운 힘이 되어주었으면 좋겠다. 손 형과 강 형이 집을 지으면서 보여주는 저 아름다운 힘처럼……. 이 두 사람의 힘은 비단 그 근육의 힘과 일하는 기술에서 나오는 것이 아니라고 생각한다. 남의 일도 저토록 유쾌하고 기꺼운 마음으로 성심성의를 다하는 가슴에서, 바로 그 아름다운 가슴에서 연유하는 것이라고 생각한다. 모름지기 소설도 저런 가슴으로 써야 힘을 지닌 작품이 될 수 있지 않을까.

내가 이런 이야기를 써서 연재하는 신문사에 보냈는데, 그 말을 들으면 두 사람은 또 그 사람 좋은 웃음을 지으며 이렇게 말할 것이다. "거, 정 형, 너무 미화시킨 거 아뉴? 소설가들이란 당최 말을 잘 지어낸단 말씀이야."

내 후배 시인 녀석은 복도 많지. 이런 두 사람이 짓는 집이 얼마나 멋진 집이 되겠는가 말이다.

행복한 마을로 가는 길, 2013, Acrylic on canvas, 112.1×162.2cm

꽃에 이르는 길

오랜만에 지인 몇과 금정산에 올랐다. 어린이대공원에서 동문까지 능선길을 타고 오르기로 했다. 연둣빛 신록이 피어나는 숲길은 향기롭고 아름다웠다. 숲 사이에 지천으로 핀 진달래와 길섶에 작은 꽃잎을 피워 올린 야생화들이 반갑다.

동문에 이르자 산성마을 가는 길가에 산벚꽃이 만발해 있다. 고개 넘던 흰 구름이 가지 위에 걸려 있는 듯하다. 그 꽃잎들을 보는 순간 작년 이맘때쯤 만났던 꼬마가 생각났다. 그때도 이 길엔 벚꽃이 화사한 봄 햇볕 아래 활짝 피어 있었다.

꽃그늘에 앉아 쉬고 있는데 바로 옆에서 대여섯 살가량 되어 보이는 계집아이가 유독 낮게 내려앉은 작은 가지 끝을 잡고 꽃잎을 들여다보며 무어라고 종알거리고 있었다.

잠시 후 엄마인 듯한 여자가 다가오더니 아이에게 물었다.

"꽃이 뭐라고 하니?"

그러자 꼬마는 맑은 눈망울과 딴에는 진지한 표정으로 엄마를 올려다보며 말했다.

"예쁘다고 인사했는데 대답을 안 해. 꽃은 입이 없나 봐. 그치, 엄마?"

아이의 엄마가 웃었고, 나도 슬며시 따라 웃었다.

우리는 휴일이면 자연을 찾아 꽃과 나무를 보며 즐거워한다. 그러나 즐기는 대상으로만 볼 뿐 아무도 그것들을 대화의 상대로 생각하지 않는다. 우리에게 자연은 건강과 휴식을 위한 수단에 지나지 않는다. 꽃과 나무가 사람과 같은 영혼을 가졌다고는 더더욱 생각하지 않는다.

꽃을 사랑한다는 것은 꽃의 본질을 이해한다는 것이다. 이해하기 위해선 대화의 문을 열어야 하고, 그러기 위해선 꽃의 영혼에게 인사해야 한다. 그것이 꽃의 핵심에 이르는 유일한 길이 아닐까.

꽃과 나무를 영혼을 가진 존재로 인식하던 어린 시절의 순수하고 여유로운 마음을 잃어버린 우리네 삶을 생각하면서, 우리에게도 언젠가 꽃의 대답을 듣고 꽃의 문을 열게 되는 날이 오기를 빌어본다. 그 꼬마가 그러했을 것처럼.

아이들은 자란다!

막내 다운이 녀석이 혼자 벡스코에 친구를 만나러 간다고 하자, 아내는 그 전날부터 걱정이 태산이다. 이제 중2에 올라가는 녀석이지만 워낙 야무진 데가 없이 어리숙하기 때문이다. 게다가 길눈이 지독히 어둡고, 한번 무슨 생각에 빠지면 곧잘 엉뚱한 데로 가기도 한다. 그 주제에, 제 엄마가 차로 데려다준다고 하자 그건 죽어도 싫단다.

녀석이 출발할 때는 참 가관이었다.

제 어미는 가는 길과 타야 할 버스와 지하철, 내려야 할 역에 대해서 몇 번이고 일러주고, 세세한 당부의 말을 귀가 닳도록 반복해댄다. 그것도 모자라 휴대폰까지 손에 쥐여주고서야 녀석을 놓아주었다. 이건 한양으로 과거길 떠나는 모자의 이별 장면보다 더하다.

저녁에 집 근처 지하철역에 내렸다고 연락한 녀석이 한참을 지나도 오지 않는다. 아내는 베란다 창문에 붙어 서서 하염없이 내다보고 있다.

제법 시간이 지나서야 녀석은 현관문을 들어선다. 지하철역에서 불쌍한 사람에게 버스비를 몽땅 주고 걸어왔다는 것이다. 아내는 또 녀석이 대견해 못 견디는 표정이다. 그러고 보니 녀석이 부쩍 자란 느낌이다.

아이들은 자란다.

그리고 언젠가는 우리의 품 안을 미련 없이 떠날 것이다. 마치 우리가 우리 부모님의 품 안을 너무도 무신경하게 떠나 버린 것처럼. 그럴지라도 녀석이 자라는 것은 기쁜 일이다.

짝사랑

오늘도 우물쭈물하는 사이에 하루가 지났다.

요즘은 세월이 너무 빠르게 흘러가는 듯하다. 세월의 속도는 나이와 정비례한다고 하니 시속 52킬로미터쯤 되려나. 일상에 파묻혀 이루어놓은 것 없이 무의미하게 지나가는 시간들이 아깝기도 하다. 그래서인지 가족, 친구, 지인 들과 함께했던 특별한 시간들을 자꾸 되돌아보게 된다. 누구를 만난 지 몇 년이 되었고, 누구누구와 어디에 놀러간 지는 몇 달이 되었으며, 누구랑 술 마신 지가 꼭 일주일이 되었구나 하는 생각들 말이다.

이건 오래전 학창 시절에 연애하는 기분과 유사하다. 짝사랑하는 여인을 어쩌다 만나고 돌아오면, 그녀를 만난 지

스물네 시간이 지났구나, 마흔여덟 시간이 지났구나, 하는 식으로 그 시간을 되돌아보곤 했다. 그러곤 아아, 마흔여덟 시간 전만 해도 나는 그녀와 함께 있었는데, 하고 되뇌곤 했다. 그건 그만큼 그 만남이 소중해서였을 것이다.

그런 의미로 본다면, 나는 요즘 만나는 사람들과 어쩌면 연애를 하고 있는지 모른다. 술 한잔 앞에 놓고 마주하면 괜히 기분이 유쾌해지고 가슴이 그들먹해지는 사람들. 그들과의 만남이 자꾸만 소중하게 여겨지는 요즈음이다. 이것도 나 혼자만의 짝사랑일까. 헛, 그렇더라도 어떠랴. 짝사랑은 내 전공인 것을.

청사포에서

　오랜만에 마음 맞는 소설가와 시인 그리고 나, 이렇게 셋이서 부부 동반으로 산책길에 나섰다. 송정 뒷산의 약수터까지 등산로를 따라갔다가 산 아랫길을 타고 구덕포를 지나 청사포까지 오는 여정이었다.

　한 시간 사십 분 동안의 짧은 산행이었지만, 참 즐거운 산책이었다. 숲속의 활엽수들은 아직 벌거벗고 있었지만, 길가의 개나리와 진달래는 꽃망울을 잔뜩 부풀어 올려 봄을 준비하고 있었다. 눈이 시린 비췻빛 겨울 바다는 산행 내내 시야에서 떠나지 않으며 발아래에 넓고 평화롭게 누워 있었다.

　철길을 건너 이름도 고운 청사포 포구에 닿아 동동주를 마시는데, 시인이 불쑥 말했다.

"형, 좀 더 자주 봐. 우리가 살면서 앞으로 보면 몇 번이나 더 볼 수 있겠어?"

시인 친구의 살가운 정이 듬뿍 느껴지는 말에 속으로 고개를 끄덕이면서도 '아하, 우리 나이가 벌써 이런 걸 생각하는 나이가 돼버렸구나' 하는 생각이 들었다.

조개구이집 화덕에 둘러앉아 오래 정담을 나누다 일어섰을 땐, 먼바다를 지나는 선박의 불빛이 깜박이는 초저녁이었다. 땅거미가 내리는 청사포 고갯길을 걸어 오르며 나는 속으로 친구에게 말했다.

'그래, 친구야. 봄이 되면 또 아름다운 산행을 가자꾸나. 그건 우리 살아생전의 권리니까.'

청사포의 봄, 2013, Acrylic on canvas, 112.1×162.2cm

초등학교

낯선 길을 지나다가도 오래된 초등학교만 보면 왠지 들어가 보고 싶다.

어제도 바람을 쐬러 교외로 나갔다가 어느 작은 해변 마을의 초등학교를 그냥 지나치지 못하고 차를 세웠다. 키 낮은 교사와 손바닥만 한 운동장, 운동장 바깥에 자랑스레 서 있는 키 큰 플라타너스, 철봉과 그네, 세종대왕과 이순신 장군의 동상……. 봄방학 중인 교정은 아이들 그림자 하나 없이 고즈넉하게 조용했다.

앞산 언덕배기에 마련된 스탠드에 앉아 학교를 내려다보고 있자니, 이상스레 마음이 차분해지고 편안해졌다. 운동장 가득 평화로운 고요가 내려 있었다. 문득 어린 시절이 생각났다.

　교실 뒤에 걸린, 구름을 타고 가는 기차 그림, 오르간 소리, 양초 칠로 반들거리던 마룻바닥, 바닥의 옹이구멍 사이로 들여다보이던 까만 어둠과 그 어둠의 냄새, 철봉에 오래 매달리고 난 뒤 손바닥에 남아 있던 쇳내, 도시락을 까먹으러 올라가곤 하던 앞산에서 만났던 다람쥐들, 탱자나무 울타리에 달린 노오란 탱자 열매…….

　지금의 나를 이룬 건 그것들이었을 게다. 세상에 태어나 처음으로 접했던 색깔과 모양과 냄새와 맛. 그것들이 지금의 나를 낳았을 것이다. 그래서 시골 초등학교는 어느 학교나 어머니의 자궁처럼 따뜻하다.

5월에는

5월에는 밤새 맑은 영혼으로 깨어 있어, 저기 함초롬히 다가오는 싱그러운 새벽의 발소리를 듣고 싶다.

도심의 전봇대 위에 가난하게 깃들인 둥지에서나마 푸른 하루의 이마를 여는 새들의 날갯짓 소리, 아파트 베란다의 옹색한 화분에서나마 새로운 꽃잎을 터뜨리는 철쭉꽃의 산고産苦, 그것들을 숨죽여 듣고, 보고 싶다. 그리하여 내 오만한 영혼이 의미 없는 것은 아무것도 없다는 지상의 진리를 경건하게 배웠으면 싶다.

5월에는 등나무 그늘 아래에서 등꽃처럼 피어나는 청춘 남녀의 흐벅진 웃음소리를 듣고 싶다. 그리하여 언제부턴가 모르게 일상의 잡답雜沓에 무디어가는 내 젊은 감성을 불러

일깨워 그 웃음만큼 푸른 영감의 세례를 받고 싶다.

5월에는 온밤 내 편지를 쓰고 싶다. '딸기꽃 피어 향기로운 밤'을 오롯한 불빛 하나 밝히고, 오래 잊었던 얼굴들과 오래 잊었던 기억들을 다시금 푸르게 떠올리고 싶다. 그리하여 내가 이 세상에, 이 우주에 홀로 내던져진 존재가 아니라는 것을 깨닫고 싶다.

5월에는 비 오고 바람 불더라도 아주 멀리 여행을 떠나고 싶다. 쑥부쟁이 꽃잎 빛깔로 갠 하늘 아래, '간밤의 비에 삼단 같은 머리를 감은' 보리 이삭들이 살가운 바람에 탐스런 물결을 자아내는 어느 들판 어귀에서, 젊은 날 내 가슴 깊숙이 묻어두었던 그리운 사랑 하나 만나고 싶다. 그러다 문득 내가 있던 곳으로부터 너무 멀리 떨어져 왔다는 깨달음이 있을라치면 그 먼 길을 허위허위 되돌아오고 싶다. 그리하여 오랜 세월 모르고 살아왔던, 내 이웃에 대한 내 가난한 사랑을 새로운 의미로 깨우치고 싶다.

5월에는 지나치는 모든 아이들에게 눈웃음을 주고 싶다. 온 산에, 온 들판에, 온 하늘에 짙어가는 5월의 신록이 바로 그들 아니랴.

5월에는 경주 남산을 오르고 싶다. 아직도 무열왕과 문무대왕의 백성들이 흰옷 입고 푸른 골짜기를 서성이는 곳. 순하디 순한 눈망울의 산짐승들이 긴 전설의 잠에서 걸어 나와 워어이 워어이 푸르게 우짖는 곳. 그 남산 기슭의 흙이라도 맨발에 묻혀보고, 그 차가운 계곡물에 내 무딘 얼굴이라도 씻어보고 싶다.

5월에는 저 유채꽃밭에 지천으로 날고 있는 나비 떼를 닮고 싶다. 그리하여 오래도록 발길이 뜸했던 성당엘 가고 싶다. 주일마다, 진구들 계모임으로 인해 늘 뒷전으로 밀려나던 불쌍하신 우리 하느님. 그 하느님 앞에서 얼굴이나 겨우 가릴 두 손바닥만 한 내 빈곤한 하느님 사랑이 이제는 풍성해지기를 간구하고 싶다. 그리하여, 그리하여 내 천한 영혼이 거듭 태어나고 싶다. 번데기를 깨뜨리고 저 찬란한 영혼의 날개로 날아오르는 5월의 나비들처럼.

함박꽃밭의 축제

지난 3월에 근무지를 옮겼다. 옮긴 학교는 동래원예고등
학교다. 이 학교는 그 이름답게, 교정의 조경이 아주 멋지다.
정문 바로 옆에 조그마한 숲이 조성되어 있는데, 조용한 시
간에 그 속에 놓인 벤치에 앉으면 제법 한적한 숲속의 정취
를 느낄 수가 있다. 지난 4월에는 키 큰 왕벚나무가 화려한
꽃을 피워 숲을 화사하게 밝혔다. 유난히 바람 많고 비 많았
던 얄궂은 봄 날씨 때문에 일찍 져버려서 아쉽기는 했지만,
분분히 날리는 낙화도 비장한 장관이었다.

정문에서 교사까지 이르는 통로 양옆에는 멋지게 차려입
은 실화백나무가 귀빈을 맞이하는 호텔 지배인들처럼 도열
해 있다. 그 너머론 크고 넓은 유리온실들이 자리 잡고 있는

데 각 온실엔 각종 실습용 화초와 모종이 자라고 있고, 오래되고 진귀해서 이 학교의 큰 자랑거리인 분재들이 모셔져 있다. 어떤 온실에는 온갖 꽃들이 소담스레 피어 있어 작은 식물원을 연상케 한다.

교사 앞 화단에도 각종 화초와 수목이 심어져 있다. 나는 쉬는 시간, 화사한 오전 봄 햇살에 이끌려 할 일 없이 화단 앞을 이리저리 거닐며 한창 새잎과 꽃잎을 피우는 초목들을 들여다본다. 그러노라면 꽃과 잎의 향기에 취해 자못 소요지락의 겉맛이나마 느끼기도 하는 것이다.

화단에는 초목의 이름표가 붙어 있다. 녹나무, 보리밥나무, 조팝나무, 홍가시나무, 섬잣나무…… 나는 이름표와 수목의 생김새를 번갈아 열심히 들여다보지만 평소 알고 있던 나무는 거의 없다. 이름조차 생소한 나무들이 대부분이다. 그러면 어떠랴. 나는 이 잘생긴 수형과 이제 한창 물이 오르는 나무의 생명력에 감탄하며 그 잎들을 손으로 쓰다듬어보는 것이다.

그러나 항상 예외는 있는 법이어서, 나는 낯선 나무들 사이에서 아주 낯익은 꽃을 발견하고 문득 걸음을 멈추었다. 애기사과나무와 뜰보리수나무 사이에 뜻밖에도 함박꽃이 피어 있었다. 커다란 꽃잎과 투박한 잎사귀가 틀림없는 함박꽃이었다. 그 뿌리를 작약이라고 하는데, 기혈을 보강하는 한약재로 쓴다. 나는 이 함박꽃 혹은 작약꽃과 친분이 매우 두텁다. 아니, 친분만 두터운 게 아니라 이 꽃에는 내 어린 시절과 고향집의 추억이 깃들어 있다. 그래서 함박꽃은 언제 어디서 만나도 반가운 꽃이다.

내가 태어나고 자란 고향집은 안방, 작은방, 청마루와 부엌, 또 부엌방을 가진, 당시로선 제법 규모 있게 지은 세 칸짜리 기와집이었다.

집 뒤는 바로 산비탈이 시작되었는데 누나들과 함께 죽은 병아리를 묻어주곤 했던 좁은 묵정밭과 빽빽한 대숲이 집을 감싸고 있었다. 그 대숲 한가운데에는 나를 비롯한 동네 아이들이 '본부'라고 불렀던 우리들만의 비밀 장소가 있었다. 우리들은 수시로 그 본부에 모여 옆 동네 아이들과의 전쟁놀이에서 통쾌한 승리를 쟁취할 방도를 공모하기도 했고, 그도 시들해지면 저마다 댓잎 위에 누워 바람에 흔들리는 대나무 가지를 올려다보기도 했다. 그곳은 외부로부터 감춰지고 독립된 우리들만의 신선한 해방구였다. 나는 그때의 경험을 살려 〈집이 있는 유년 풍경〉과 〈형의 방〉 등의 작품을 썼다.

부엌 옆엔 우물과 장독대가 있었다. 우물물은 여름에도 이가 시리도록 차서 어머니가 등목을 해주면 온몸에 한기가 오스스하게 들 정도였다. 장독대 뒤엔 감나무가 한 그루 서 있었는데, 해마다 가을이면 우리들 머리통만 한 대감이 열렸다. 어머니는 이 대감이 우리들의 손을 타지 않도록 엄중히 단속하셨다가 감이 익을 무렵 모조리 따서 우리들이 절대 알 수 없는 모처에 숨기셨다. 나는 그 비밀 창고를 알아내려 무진 애를 썼지만 결코 알아내지 못했다. 그 대감을 다시 만날 수 있는 것은 대체로 한겨울이었다. 내가 괜히 심술을 부리거나 칭얼대면 어머니는 어디선가 붉은 홍시가 된 대감을 꺼내와 나에게 안겨주셨다. 그 차고 달콤한 맛은 얼마나 행복한 것이었나. 나는 그 이후로 그만큼 맛있는 홍시 맛을 본 적이 없다.

고향집은 마당과 텃밭이 무척 넓었다. 우물에서 삽짝까지 긴 돌담이 있고, 돌담의 양쪽에 텃밭이 있었다. 고향 초등학교에서 교편을 잡고 계시던 아버지는 원예와 조경에 조예가 깊으셨다. 텃밭가에 돌아가며 감나무, 살구나무, 앵두나무, 자두나무, 복숭아나무, 산수유나무 등을 심어놓으셨다. 봄이면 차례로 피는 꽃들의 향기가 늘 집 안에 떠돌았다. 그중에 지금도 기억에 생생한 꽃은 분홍빛 박태기 꽃이다. 작은 꽃잎들이 오밀조밀 모여 화려한 꽃가지를 이루는 그 꽃이 피면 향기가 삽짝 밖에까지 전해졌다.

집 앞마당에 이어 넓은 텃밭이 있었는데, 아버지는 이 밭에 해마다 함박꽃을 가득 심으셨다. 돌담 너머 텃밭엔 토마토, 오이, 참외, 수박, 감자, 당근 등을 번갈아 심었지만 마당 앞 텃밭은 언제나 함박꽃 차지였다. 함박꽃이 한창 필 무렵이면 커다란 꽃잎만이 보여, 마치 텃밭 가득 흰 구름이 내려앉은 듯했다. 누나들과 나는 그 꽃을 좋아해서 사진을 찍기도 하고, 꽃을 꺾어 화병에 담아 방 안에 두기도 했다. 지금도 나는 그때 찍은 흑백사진을 소중히 간직하고 있다.

가을이면 아버지는 함박꽃의 뿌리를 캐셨다. 그걸 잘 씻어 껍질을 벗겨낸 다음, 반으로 쪼개 방 안에서 말렸다. 작약이 마르는 냄새는 한약 달이는 냄새와 흡사했다. 한약재상들이 우리 집을 찾아와 작약을 모두 사가고 난 후에도 그 냄새는 오랫동안 방 안에 남아 있었다.

문제는 함박꽃이 한창 흐드러지게 필 때였다.

그 당시에는 '회치'라는 게 있었다. 경상도 사투리로 '해치'라고도 했다. 농번기가 시작되기 직전에 동네 아낙네들끼리 산천경개 좋은 곳으로 들놀이를 가는 행사였다. 음식을 장만하여 동네 가까운 냇가나 숲으로 가는 게 보통이었다. 이날만큼은 어떤 남편이나 시어머니도 간섭하지 않고 보내주는 것이 관례였다. 그래서 동네 아낙네들은 거의 빠짐없이 참여하는, 일 년에 한 번 있는 놀이였다.

분위기가 무르익으면 장구재비가 나서 흥을 돋우고, 곧

흐드러진 노래판과 춤판이 벌어졌다. 아낙네들의 얼굴은 주기와 햇볕에 벌겋게 달아올랐고, 돌아가면서 부르는 노래는 언제나 중간에 이르면 모두의 합창이 되곤 했다. 단골 레퍼토리는 이미자의 〈여자의 일생〉이었던 것으로 기억된다. 시간이 갈수록 아낙네들의 노랫소리는 높아만 갔고, 춤에는 흥이 실렸다. 업고 있는 아이가 흘러내려 엉덩이에 대롱대롱 매달린 것도 모른 채 어깨춤에 신이 난 아낙네도 있었다. 봄날이 저물도록 단 하루의 흥을 놓치지 않으려는 아낙네들의 놀이는 그칠 줄을 몰랐다.

그 회치가 가끔씩 우리 집 마당에서 열리는 해가 있었다. 그건 순전히 함박꽃을 즐기려는 동네 아낙네들의 청에 의한 것이었지만, 통 큰 여장부 기질인 어머니의 선선한 허락이 없다면 불가능한 일이었다. 나는 언제나 그것이 불만이었다. 술 취한 아주머니들이 꽃을 마구 꺾어대거나 꽃밭 한가운데에 대자로 누워버리곤 했기 때문이었다. 그때는 평소 수더분한 아주머니들의 급작스런 일탈이 무척 이상하게 여겨졌다. 꽃밭가에 토하고 꽃 사이에 잠이 든 붉은 얼굴, 땀을 뻘뻘 흘리면서 흐느적거리며 춤을 추던 웃음 진 얼굴.

다음 날 함박꽃밭은 털 뽑힌 장닭 꼴을 하고 있었다. 그러나 며칠이 지나면 언제 그랬냐는 듯 꽃으로 가득해졌다.

지금 생각해보면 그때 동네 아주머니들의 중노동에 가까

운 그 악착같은 놀이 행위를 이해할 듯하다. 일 년 내내 농사일에 찌들며, 시어머니와 남편의 가부장적 억압에 시달려 왔던 강박감을 그런 형태로나마 해소하려는 일종의 몸부림으로 생각되는 것이다. 그것은 그네들의 해방구였으며 카니발이었다. 고된 한 해의 농사일이 시작되기 직전 벌이던 회치는 사순절을 앞두고 벌이던 카니발의 의미와 정확하게 일치한다. 아니, 일 년 동안의 중노동을 전제로 한다는 점에서 고작 사십 일간 고기 금식을 전제하는 카니발의 의미보다 훨씬 깊은 것인지도 모른다. 그러므로 그네들의 일탈은 그네들이 앞두고 있던 고통에 비한다면 아주 약과인 셈이다.

예술은 일탈 속에서 나오고, 일탈은 카니발의 주요한 특성이다. 바흐친은 예술의 근원을 카니발로 보고 있다. 즉 카니발의 일탈 행위가 예술의 원동력이 된다는 것이다. 그러고 보면 내가 글을 쓰고 소설을 쓰는 원동력을 가지게 된 것도 어릴 때 보았던 회치의 힘이었다는 생각이 든다.

나에게 예술가의 기질이라는 게 있다면, 그것은 그때 만났던 동네 아낙네들의 노랫가락과 춤사위와 꽃 속에 잠든 붉은 얼굴에서 비롯했는지도 모른다. 그립다. 함박꽃 위에 하얗게 빛나던 따스한 봄 햇살과, 흥겨운 장구 소리에 맞춰 물결치던 어깨들과, 높게 높게 치솟던 "헤일 수 없이 수많은 밤을 내 가슴 도려내는 아픔에 겨워~~~"가.

새마을운동이 거국적으로 전개되던 박정희 정권 때, 소위 '대한뉘우스'에 퇴폐와 향락을 퇴치하자는 주제로 시골 아낙네들의 회치하는 모습이 나온다. 냇가의 버드나무 그늘 아래에서 노래하고 춤추는, 농사일에 까맣게 그을린 아낙네들의 얼굴. 그 얼굴들이 과연 퇴폐와 향락의 얼굴이었을까.

근대화와 합리화의 이름으로 내다 버린 우리의 수많은 전통과 미풍 중에 회치도 포함될 것이다. 오늘날 전국의 각 지역에서 벌이는 그 수많은 축제 중에 과연 회치만큼 축제다운 의미를 제대로 가진 축제가 있을까. 음식 장터, 초대가수의 노래, 노래자랑대회, 각설이 타령……. 어딜 가나 똑같은 유형의 축제가 반복될 뿐이다. 주제는 사라지고 외면만 요란하고 화려한 축제가 허다하다. 몰입과 엑스터시의 공동체적 공유라는 진정한 카니발적인 축제는 회치 이후에 소멸된 듯하다. 정치적 전체주의는 문화에 오랜 상흔을 남긴다.

나는 초등학교 5학년 때 고향을 떠난 이후로 평생을 객지로 떠돌았다. 그동안 나도 변하였고 고향도 변하였다. 아직도 고향집과 그 텃밭이 남아 있긴 하지만 창창하던 대숲과 구름 같은 함박꽃은 사라진 지 오래다. 설혹 그것들이 남아 있다 하더라도 지금의 고향집은 내 마음에 남아 있는 그 고향집이 아니다. 붉은 얼굴의 아낙네들을 더는 만날 수 없기 때문이다. 나뿐만이 아니라 누구나 다 고향을 잃어버린 시대를 살고 있다.

몇 년 전에 이미 남의 손에 넘어간 고향집에 들렀다. 서울에 산다는 새 주인은 가끔씩 내려와 텃밭을 농장으로 가꾼다고 했다. 그러나 마당엔 잡초가 무성하고, 누나와 내가 숯으로 낙서를 했던 작은방 부엌의 회벽은 떨어져 나가고 없었다. 우리 앞집은 이미 헐려 밭으로 변해 있었다. 그 집은 단편 〈형의 방〉의 배경이 된 집이기도 했다. 실제로 그 집의 친척 형은 사법고시에 합격하여 검사와 변호사를 지냈으나 일찍 세상을 떠났다. 그 이후 그 집은 급작스럽게 몰락했다. 돌아 나오는 발길이 쓸쓸했다.

지난 5월 초에 병가를 내고 출근을 하지 않고 있다. 1학기에 명예퇴직을 신청할 계획이다. 지난해 병원에서 루게릭병 진단을 받았다. 퇴직이 된다면 화단의 함박꽃도 보기 어려울 것이다. 나의 병은 현재로선 치료 방법이 없는 치명적인 병이라고 한다. 내가 살날이 얼마나 남았는지 알 수 없다. 혹은 새로운 치료법이 조만간 개발되어 남만큼의 수명을 누릴 수 있을지도 모르는 일이다. 비관적으로도, 낙관적으로도 보지 않으려 노력하고 있다.

그러면서도 때로 억울하기도 하고, 화가 나기도 한다. 그

럴 때마다 나는 나보다 몇 배로 훌륭했으나 현재 내 나이보
다 훨씬 어린 나이에 세상을 떠난 사람들을 생각해본다. 안
중근 의사, 이태석 신부, 이상, 김유정, 이중섭, 김광석, 카프
카, 고흐, 모딜리아니, 제임스 딘 등등. 그들의 삶의 가치가
삶의 길이에 있는 것이 아니라 그 밀도에 있음을 새삼 깨닫
는다. 다만, 그들보다 오래 살았으나 그들보다 묽은 내 삶의
밀도가 아쉬울 뿐이다.

내 삶의 앞에 지난한 투병의 길이 놓여 있음을 안다. 나는
그 길을 담담하게 걸어갈 생각이다. 생각해보면 지금까지
의 삶은 함박꽃밭의 한바탕 축제였는지도 모른다. 축제 후
엔 고된 노동이 기다리고 있음은 당연한 일일 것이다. 수고
로움이 삶의 또 다른 가치를 만드는 것처럼, 내 투병의 삶도
가치 있어지기를 바란다.

겨울-가족, 2006, Mixed media of Korean paper, 54×47cm

죽음 자체는 두렵지 않다.

누구나 언젠가는 죽는다.

다만 두려운 것은 죽음에 대해, 육체의 감옥에 갇혀 눈만 깜박일 수밖에 없는 이 불행에 대해, 나 자신이 분노나 공포의 감정에 사로잡혀 얼마 남지 않은 시간을 낭비하는 일이다.

나는 비로소 신에 대한 책무를 제외한 그 모든 책임에서 풀려났다.

그래서 나는 이 감옥에서 자유롭다.

나는 이 자유를 누리겠다.

이 자유 속에서 희망을 찾겠다.

아내를 비롯한 가족들에게 너무 무거운 짐을 지워 미안하고 고맙다. 최근에 쓴 시 한 편으로 다난한 심정을 전한다.

병상에서

병상에서 옆으로 돌아누웠다
베란다에서 아내가 건조대에 빨래를 널고 있다.
그 옆으로 조그만 화분들이 아기자기 -
다육이, 허브, 선인장, 철쭉, 야생화 -
베란다 너머로 건너편 아파트 지붕들이 보이고
그 위의 하늘은 침울하다
갑자기 몰려오는 데자뷰
아, 이것은 오래된 대웅전 벽면의 불화,
아니면 화투 비광의 그림처럼
몇천 년 만에 만나는 기억
아니면, 그것도 아니면
몇천 년 후에 만날 기억
아득하여라 시간이여
목숨은 붉은 꽃처럼
피어선 지고.

당신은 모를 것이다

2017년 11월 10일 초판 1쇄 발행 | 2017년 11월 13일 6쇄 발행

지은이 · 정태규 | 그림 · 김덕기

펴낸이 · 김상현, 최세현
편집인 · 정법안
책임편집 · 손현미, 김유경 | 디자인 · 고영선

마케팅 · 권금숙, 김명래, 양봉호, 임지윤, 최의범, 조히라
경영지원 · 김현우, 강신우 | 해외기획 · 우정민
펴낸곳 · 마음서재 | 출판신고 · 2006년 9월 25일 제406-2006-000210호
주소 · 경기도 파주시 회동길 174 파주출판도시
전화 · 031-960-4800 | 팩스 · 031-960-4806 | 이메일 · info@smpk.kr

ⓒ 정태규(저작권자와 맺은 특약에 따라 검인을 생략합니다)
ISBN 978-89-6570-527-7 (03810)

쌤앤파커스(Sam&Parkers)는 독자 여러분의 책에 관한 아이디어와 원고 투고를 설레는 마음으로 기다리고 있습니다. 책으로 엮기를 원하는 아이디어가 있으신 분은 이메일 book@smpk.kr로 간단한 개요와 취지, 연락처 등을 보내주세요. 머뭇거리지 말고 문을 두드리세요. 길이 열립니다.